近代音論集

竺家寧著

臺灣學生書局印行

《近代音論集》序

　　聲韻學是一門歷史悠久的學科，也是運用科學方法和現代語言學獲得成功的一門人文學科。傳統聲韻學多把研究的焦點放在《廣韻》和先秦古音上，近年來逐漸擺脫尊古薄今的觀念，注意到近代音研究的重要性。近代音有十分豐富的材料，提供了中古音到現代音演化的訊息。透過這些語料的分析，使我們知道現代漢語各成分的來源和形成的脈絡。因此，它和我們切身所處的「現代」的密切性更超過切韻音系和先秦古音。現代方言的研究，特別是北方方言或官話方言，更不能沒有近代音的知識爲之基礎。

　　近幾年，由各大學輪流主辦的「全國聲韻學研討會」，近代音的論文都佔有最高的比率，這點可以從學生書局出版的歷屆會議論文集《聲韻論叢》看出來。民國82年11月國立中正大學中文研究所主辦的「第一屆全國研究生語言學研討會」把近代音列爲專場討論，來自各校的年輕學者，進行了熱烈的切磋交流，獲得了很好的成果。1992年山東威海舉行「音韻學國際學術研討會」，除了發表多篇近代音論文外，還特別邀集了有關學者，舉行了近代音座談會，海峽兩岸的學者相互交換心得，使雙方的研究工作充分的聯繫起來。由此，可以見出近代音是聲韻學研究的新趨勢，本論文集正是針對這樣的趨勢所作的結集。

　　本書所選的論文依發表年份排列，是筆者1977至1992年所提出的十三篇論文，內容包含《四聲等子》、《九經直音》、《聲音唱和圖》、《韻會》及其他語料的探索。時間的斷限，我們採取廣義的，涵蓋了宋元明清四代。這正是切韻音系和現代音系轉變的關鍵。這些論文原先分別發表在不同的期刊、學報中，抽印本由於各方同好的索取，早已告罄，有的期刊、學報又不易找到，師友同道建議結集出版，以便聲韻學界參考。學生書局本著一向對推動學術事業的熱忱，毅然協助出版，藉此謹表謝忱。

　　限於能力，論文中必有甚多可商榷之處，敬請讀者批評指教。

竺家寧　　序於內湖

民國八十三年七月

近代音論集　目　　錄

序………………………………………………1

四聲等子之音位系統……………………………1

九經直音的濁音清化……………………………27

九經直音聲調研究………………………………47

九經直音的時代與價值…………………………79

九經直音的聲母問題……………………………97

九經直音知照系聲母的演變……………………113

近代漢語零聲母的形成…………………………125

論皇極經世聲音唱和圖之韻母系統……………139

宋代語音的類化現象……………………………159

韻會重紐現象研究………………………………173

宋代入聲的喉塞音韻尾…………………………197

近代音史上的舌尖韻母…………………………223

清代語料中的ㄜ韻母……………………………241

四聲等子之音位系統

壹、時代與作者

四聲等子（以下簡稱「等子」）未署作者之名，其序文云：

> 近以龍龕手鑑重校，類編於大藏經函帙之末。復慮方音之
> 不一，唇齒之不分，既類隔假借之不明，則歸母協聲，何
> 由取準？遂以附龍龕之後，令舉眸識體，無擬議之惑，下
> 口知音，有確實之決。冀諸覽者，審而察焉。

既云以龍龕手鑑重校，等子之出世必不早於龍龕，且二者關
係必極密切。案龍龕手鑑為遼僧行均所作，沙門智光為之序，時
當北宋太宗至道三年，西元九九七年。龍龕為解釋佛經字音之字
典，共四卷，以平上去入為次，各卷復以部首排列各字。以其序
文與等子對看，極耐人尋味，其序云：

> 又撰五音圖式附於後，庶力省功倍，垂益於無窮者矣。

今所見之龍龕手鑑並無此五音圖式，如此五音圖式與廣韵後
所附之「辯十四聲例法」、「辯四聲輕清重濁法」相同，為一簡
單圖表，必不致為後人所削去，故其圖當與四聲等子相同，係可
以獨立成書者。又以等子序所謂「附龍龕之後」相驗證，可斷言
五音圖式與四聲等子即為一物。而其作者，由龍龕序「又撰五音

圖式附於後」一語觀之，雖主詞省略，然非行均即智光則可斷言也。

復檢覽等子序文，有云：「切韵之作，始乎陸氏；關鍵之設，肇自智公。」切韵之作於陸法言，爲人所共知，而「關鍵之設」者，隱然有將龍龕所收字音作成扼要易覽之圖表之意。而「智公」者，亦當即龍龕序文及五音圖式之撰者智光也。由此，可推斷等子之產生必距龍龕初刊之時不遠，亦即當北宋初年，產生地點爲北方之遼境，著作動機在於將龍龕之字音歸納爲圖表，以便於閱讀佛經時檢覽字音之用。

然等子之傳入宋朝當於何時耶？夢溪筆談記龍龕手鑑云：

> 契丹書禁甚嚴，傳入中國者法皆死。熙寧中有人自虜中得之，入傳欽之家，蒲傳正帥浙西，取以鏤板。

熙寧爲宋神宗年號（西元一〇六八年至一〇七七年），時當北宋中葉，等子之自遼入宋，當即附於龍龕之故。本名「五音圖式」，入宋後，宋人將其析出獨立成書，並加整理改訂，名爲「四聲等子」。

其經宋人改訂，可自以下事實得知：

其一，等子有十六攝之攝名，如開合不計，實僅十三攝。其中「江」併於「宕」、「梗」併於「曾」、「假」併於「果」。既同屬一圖，又何需二攝之名耶？故知其前身必爲攝攝分別，各專一名者，迨入宋人之手，乃依實際語音之簡化予以併合。

其二，等子所標明之攝次與圖表實際排列之先後次序不相應，此亦顯經後人改動之痕迹也。茲依據所標明之攝次恢復其排列順序如下：

〔**外轉諸攝**〕

今等子實際圖次	原標明之攝次
六	蟹攝外二
十一（合口）	梗攝外二
八	臻攝外三
九	山攝外四
二	效攝外五
十	假攝外六
十一（開口）	梗攝外八
十二	咸攝外八

〔**內轉諸攝**〕

今等子實際圖次	原標明之攝次
一	通攝內一
七	止攝內二
四	遇攝內三
十	果攝內四
三	宕攝內五
五	流攝內六
十三	深攝內七
十一	曾攝內八

由此表中可知外轉諸攝原攝次缺「外一」與「外七」，而梗攝開口圖既標明爲外八，合口圖又標外二，此或即宋人更動原次時之漏誤。梗攝本當屬外七，驗之韵書次序可知也。又江攝漏注

攝次，本當屬「江攝外一」，亦宋人更動時遺漏者也。如此則外轉完整無缺矣。

等子原攝次以「曾攝內八」之「蒸、登」諸韻置於末，與韻鏡正合，可知等子前身受有早期韻圖之影響。等子隨龍龕入宋後，宋人覺其不合於當時流行之韻書，乃將曾攝前移，變爲第十一攝，而置咸、深二攝於最末。

貳、等子之編排與內容

四聲等子四等之劃分略與早期韻圖不同，韻鏡先分聲調爲四大格，每格復分四等。等子則先分四等爲四大格，每等中復分平上去入。各字縱依聲母，橫依等位、聲調填入圖表中，如遇有音無字，則以空圈表示。各圖之首，注明攝名、內外及攝次，次注明輕、重，其下復注明開、合。各圖之後，分別於各等中注明所收字之韻目名稱。各圖末行則爲韻母合併之說明，例如「東冬鍾相助」、「蕭并入宵類」、「江陽借形」、「魚虞相助」、「幽併入尤韻」、「佳併入皆韻」、「祭廢借用」、「有助借用」、「文諄相助」、「刪併山」、「先併入仙韻」、「仙元相助」、「隣韻借用」、「四等全併一十六韻」、「獨用孤單韻」等。此皆因併轉爲攝後，韻母簡化，使原來不同之韻母混而無別，故特注於各圖之後也。

至於宕江攝、果假攝、曾梗攝之圖後又注有「內外混等」，此因宕、果、曾原皆爲內轉，與外轉之江、假、梗合併後，乃加注於後以明之。此外，早期韻圖以入聲承陽聲韻，等子則以入聲

兼承陰陽，可知入聲之性質已發生變化，其細節俟下文論之。

等子聲母共三十六，分爲二十三行；其中「端透定泥」與「知徹澄孃」同佔四行；「幫滂並明」與「非敷奉微」同佔四行；「精清從心邪」與「照穿牀審禪」同佔五行，其餘聲母則各佔一行。聲母之排列與韻鏡相異者有三：其一，韻鏡之次序爲「脣、舌、牙、齒、喉、舌齒」，等子則脣、牙易位，以牙音置於首。其二，韻鏡標目用清、濁表之，等子則各列字母名稱。其三，韻鏡之喉音順序爲「影、曉、匣、喻」，等子卷首之「七音綱目」同之，而圖內則改爲「曉、匣、影、喻」。

等子卷首另有一表，說明聲母之排列，然所用術語含混不明，定義亦欠精確，視之令人茫然不知頭緒。

等子於各圖首行有注明開、合者，有未注者，亦有稱開口爲「啟口呼」者，體例極不一致，此蓋韻圖入宋後，經入竄亂者也。

等子之一、二等韻分別甚嚴，可知其語音仍有分別。三、四等則異於是，其間有歸字相混淆者，有注明無區別者。前者如「驪」、「爨」、「飈」、「埒」、「騷」、「昵」、「苟」、「嘩」、「乜」、「哆」、「歌」、「爹」、「妊」等字均爲三等字，而等子置於四等。「剄」字爲四等字，而等子置於三等。後者如「效、流、山」各攝之三、四等韻是。此皆三、四等韻已相混之證也。

三等字之入於四等亦有因襲傳統而然者，如重紐字、齒頭音及喻母字，等子並依早期韻圖置之四等。

叄、四聲等子之門法

今傳之等韻圖，言門法者以等子爲最早。以近世發現之燉煌「守溫韻學殘卷」比較觀之，等子門法仍非首創，實前有所承者。例如等子「辨內外轉例」所言爲「轉」，而等子之分圖則已併轉爲攝；「辨廣通侷狹例」在分別支、脂、之，而等子之分圖則合支、脂、之爲一，由此可知等子所載各「例」乃沿襲而來，並非爲本圖設置。

守溫韻學殘卷中有「定四等輕重兼辨聲韻不和無字可切門」與等子之「寄韻憑切門」、「互用憑切門」相似；又有「聲韻不和切字不得例」與等子「辨類隔切字例」相似。由此可知唐代已有「門法」之實，然「門法」之名則自等子始。

等子所列門法共九條，其中有稱「例」者，有稱「門」者，有稱「門法例」者，殊不一致。蓋等子門法原僅有稱「例」者數條，其餘則後人竄入者也，故切韻指掌圖襲用等子，僅有稱「例」者，未及其餘數條。

所謂門法，其目的在配合中古韻書之反切與韻圖之字母等第。若使三十六字母與四等之劃分與反切所代表聲韻系統完全相符，又如圖表縱橫交錯之關係能與中古聲韻母之配合條件絲毫無間，則韻書中數以千計之切語當可於一至簡之原則下包容無遺。無如等韻之學另有來源，而中古韻書復爲數百年陳陳相因之產品，其中有無數不合常軌之切語存焉，於是韻圖歸字不得不隨時變通，以遷就韻圖中之位置，甚且必需不顧反切之特殊，以從實際之系統。如此多端之事例，自需逐項加以說明，故跟隨韻圖之

流布，此類說明之條文，與其他專門討論五音、字母、等第之文字乃出現於韵圖中。

肆、四聲等子之聲母系統

等子聲母共三十六。王了一認爲三十六母基本上符合於十世紀至十二世紀間聲母之實際情況。劉復又認爲三十六字母既得當時學者之承認，其所代表之音，必爲具有普遍性者，決非偏僻之音。

茲依現代方言擬構其音值如下：

唇因 幫P滂P′並b′明m非pf敷pf′奉bv′微ɱ

舌音 端t透t′定d′泥n知ȶ徹ȶ′澄ȡ孃nj來l

齒音 精ts清ts′從dz′心s邪z

　　　　照tʃ穿tʃ′床dʒ′審ʃ禪ʒ日ɳʑ

牙音 見k溪k′群g′疑ŋ

喉音 影ʔ曉x匣ɣ喻〇

其中，輕唇音之擬爲唇齒塞擦音理由有三：其一，就音理而論，擦音不適於區分送氣與不送氣，故各語族、各方言均無f、f′分別之例。其二，漢語聲母之演變，當循塞音→塞擦音→擦音之方式進行，因此可推測古代雙唇塞音至近代唇齒擦音間，尚有一過渡階段，段即唇齒塞擦音。其三，非、敷之立爲二紐，在於區別此唇齒塞擦音之送氣與不送氣，塞擦音之分辨送氣與否正爲漢語之普遍現象。

輕唇音之演變程序如下：

$$p \rightarrow pf \rightarrow f$$
$$p' \rightarrow pf' \rightarrow f$$
$$b' \rightarrow bv' \rightarrow v \rightarrow f$$
$$m \rightarrow \mathscr{m} \rightarrow v \rightarrow \bigcirc$$

伍、等子唇音開合之研究

等子唇音之編排，其開、合頗有異乎傳統韻圖者，有原屬開口之唇音置於合口圖中，亦有原屬合口之唇音置於開口圖中。茲以早期韻圖與等子各韻作一比較，可得下列四類情況：

1.　無唇音之韻──冬、之、魚、諄、臻、欣、痕、寒、蕭、歌、覃、添、咸、嚴共十四韻。

2.　韻鏡與等子皆爲開口──支、脂、齊、咍、泰、眞、山、先、仙、宵、肴、豪、麻、陽、唐、耕、青、蒸、登、幽、侵、談、鹽、銜共廿四韻。

3.　韻鏡與等子皆屬合口──東、鍾、微、灰、夬、廢、虞、模、文、魂、元、桓、刪、戈、尤、侯、凡共十七韻。

4.　韻鏡與等子不合者──江、佳、皆、祭、仙、庚、清共七韻。

唇音開合有異之七韻分別討論於下：

1.　**江韻**－等子見於宕攝，中古音值爲〔－ɔŋ〕，係介於開、合間之韻，故韻鏡注爲「開合」、等子列於開口，指掌圖列於合「、切韻指南列於開口，殊不一致。考現代方言凡唇音字均已失落合口之介音u，唯閩語保存之，故由閩音之開、合可辨等

子唇音開合之混淆。江韻閩語均無介音u，與等子相合。

2.**佳、皆韻**－韻鏡置皆韻平聲「排、埋」等字於開口，去
聲「拜、憊」於合口；而置佳韻去聲「派、粺、賣」等字於合
口。等子凡佳韻唇音皆置於開口，皆韻唇音置於合口。切韻指掌
圖則「皆、佳」二韻之唇音同見於開口及合口圖中。由此可知古
人對唇音之開合常不能清晰區分，因唇音聲母與圓唇介音u皆與
唇形有關，易於牽扯相混，等子作者或以唇音之開、合不易分
辨，並無精密區分之必要，既置佳韻唇音字於開口圖中，開口圖
中已無唇音之空位，乃置皆韻唇音於合口圖中。由現代福州、汕
頭等方言證之，二韻之唇音古代當並屬開口。

3.**祭韻**－唇音「蔽、潎、獘、袂」等字屬開口重紐字，等子
依傳統置於四等，但開口圖中已有四等霽韻之唇音「閉、媲、
薜、謎」諸字，故轉置於合口圖中，由現代閩語亦可證其為開
口。凡三等合口唇音，後世必變為輕唇，祭韻唇音仍讀重唇，可
知古代亦不當屬合口也。

4.**仙韻**－唇音重紐三等「拜、鴘、免、別」、四等「鞭、
篇、綿」，韻鏡均置於開口。等子以三等諸字置於開口，以四等
諸字入合口，實因開口四等已有先韻之唇音「邊、偏、蹁、眠」
等字據其位，遂不得不移仙韻四等唇音字於合口圖也。故等子上
述諸字當無介音u，與現代閩語同。現代各方言之仙韻唇音字均
未變為輕唇音，亦可證明其本非合口也。

5.**庚韻**－本韻二、三等皆有唇音字，韻鏡並置於開口，等子
因開口二等已有耕韻字，開口三等已有蒸韻字，遂以庚韻二、三
等之唇音字並入合口圖內。現代各方言庚韻三等唇音字均無變輕

唇者，可知其本非合口，由現代閩語更可確證其爲開口字，故等子音值不當有介音u。

6.**清韵**－本韵凡唇、牙、喉音字，韵鏡皆置於開口四等。等子依傳統亦列於四等，然開口四等已爲青韵唇音字所佔，故列清韵之唇音字「并、餅、聘、名」於合口圖內。現代方言此類字均爲重唇音，現代閩語亦讀爲開口，可知等子之入於合口完全係編排之故，與音變無涉，其擬訂音值亦不當有u也。

陸、四聲等子韵母音值擬測

等子共分二十圖，併其開口，可得十三攝。每攝必有一同類之主要元音，必有同類之韵尾，開合之分以介音u之有無爲準。茲依據此原則，並參以現代北方方言之實際音讀，以擬構（reconstruct）等子之韵母系統。各攝敘述次序以元音系統排列，始於果攝，終乎通攝。

1. **果 攝**

本攝原爲「果、假」二攝，等子併爲一圖，而分爲開口、合口兩部分。由現代方言觀之，一等韵之主要元音大致爲〔o〕，二等韵爲〔a〕。既屬一攝，主要元音必爲一類，故等子一、二等之分別當不在〔o〕與〔a〕。以各語言之演變觀之，後低元音〔ɑ〕易於變爲〔o〕，故等子一等韵主要元音可擬訂爲〔ɑ〕。後世既能轉爲圓唇之〔o〕，其發音部位必深而洪大，口形略近圓唇，以嚴式音標表示，未嘗不可作〔ɒ〕，陸志韋之擬音，一等正以〔ɒ〕表示，其演變過程如下：

$a \rightarrow \upsilon \rightarrow \mathfrak{c} \rightarrow 0$

等子之時代既爲中古至近代之橋樑，其一等韵之主要元音當近乎〔υ〕，然〔υ〕與〔a〕無論中古音或等子均不表示其間有任何音位上之區別，故等子擬音之標寫仍以／υ／表示。

國語凡舌根聲母後，大都喪失圓唇之成分，由〔o〕變爲同部位之〔γ〕。

至於等子二等之〔a〕發音部位必極爲偏前，乃能與一等形成足夠之區別。馬丁氏「古代漢語之音位」所擬中古音系二等爲〔ε〕，然〔ε〕之發音部位偏高，不易解釋現代方言何以變爲低元音〔a〕。故等子二等擬爲／$æ$／，其部位偏前，極易發生顎化作用（palatalization）。後世在牙、喉音聲母後因顎化而產生中間音〔i〕，待聲母完全顎化後，此中間音遂逐漸固定，正式成爲介音。如「加、牙、下、亞」等字皆是。其演變如下：

切韵二等a→ $\begin{cases} æ \rightarrow a \\ {}^{i}æ \rightarrow iæ \rightarrow ia ／喉音- \end{cases}$

現代方言二等韵之所以由〔$æ$〕變〔a〕，實因一等之〔a〕已轉爲〔o〕，音位上失去具有對比性之其他低元音，二等之〔$æ$〕乃得伸展其同位音（allophone）爲〔$æ$〕、爲〔a〕、爲〔a〕，蓋低元音爲人類爲自然之音，爲各語族所普遍具有者。

至於合口之牙、喉音因已有介音〔u〕阻隔，故未能發生顎化作用，聲母後世亦未變爲舌面音。

三等韵各方言有介音〔i〕，主要元音爲較高之〔ε〕或〔e〕。爲簡化音位系統，等子三等開口韵母可擬爲〔-$iæ$〕，其主要元音同二等韵，然分配有異，二等之〔$æ$〕單獨出現，三等

之〔æ〕必隨高元音〔i〕之後，故於實際發音時因同化作用（assimilation）而升高舌位爲〔ɛ〕或〔e〕，如下式所示：

/æ/→[e]/i——

三等韵正齒音字，現方言多無介音，此因正齒音後世變爲捲舌音，凡捲舌音皆不與〔i〕介音相配，故〔i〕乃失落也。韵母又受一等舌音之類化（analogical change）成爲單元音韵母〔ɤ〕。三等韵之變化如下式：

$$iæ \rightarrow \begin{cases} iɛ \\ ɤ/捲舌音- \end{cases}$$

等子三、四等合口之介音均擬爲〔-iu-〕，後世經唇化作用（labialization）而變爲〔y〕。亦即〔i〕之舌位保持不變，而唇形受〔u〕之影響由展而圓，〔u〕並消失。本攝合口三、四等「瘸、靴」等字之韵母演變如下：

iuæ→（唇化作用）yæ→（同化作用）ye

2. 蟹　攝

本攝各方言大致均有韵尾〔-i〕。漢語之元音韵尾，就發音及分配言，並非純粹之元音，而與英語之尾滑音（off-glide）相似，等子當亦如此。

一、二等之主要元音大部分方言已無區別，均屬〔a〕類前元音，僅廣州、客家一等爲〔o〕、二等爲〔a〕，與果攝同。故等子之分別亦當爲〔a〕與〔æ〕。

陝甘方言〔-i〕韵尾大都失落，其主要元音則爲較高之〔ɛ〕，可知其韵尾消失甚遲，主要元音方能因同化作用而由舌面後之〔a〕轉爲〔ɛ〕也。

　　二等舌根聲母字後世亦有介音〔i〕產生，韻尾〔-i〕則受異化作用（dissimilation）而消失。唯四川、南京等地尚有〔iɛi〕及〔iai〕之形式存在。

　　合唇音字亦因異化作用而使介音〔u〕失落，僅閩、粵方言尚有保存者。合口其他聲母字之主要元音後世大都失落而成爲〔-ui〕韻母。但亦有失落韻尾而成〔ue〕、〔uɛ〕、〔ua〕者。

　　三、四等韻現代方言均無分別，等子亦當已相混，所以仍分別排列者，實傳統編排之影響也，當時之實際語言則已省併簡化，開現代北方官話之先聲矣。

　　各方言開口三、四等之韻母均爲單元音〔i〕，知、照二系字爲舌尖元音〔ɿ〕，與止攝情況相似。所以如此，乃因其原來之介音與韻尾同時爲〔i〕，中間所夾之主要元音遂受排擠，而省併成單元音。由失落介音之廣州音〔ai〕及失落韻尾之福州、溫州音〔ie〕，可反映出早期之韻母形式，故等子擬爲〔iæi〕。

　　知、照二系字後世聲母變爲捲舌音，與〔i〕遂不相容，故凡捲舌音後之元音〔i〕非失落即同化爲尖舌韻母〔ɿ〕。

　　合口韻母各方言之〔i〕介音早因韻尾之異化而消失，遂與一、二等韻合口併爲一類。然各方言之合口尚有一特殊現象，即一、三、四等之韻母多爲〔-uei〕，切韻指掌圖將其收入第十九圖中；而二等之韻母多爲〔-uai〕，指掌圖收入第二十圖中。可見合口字一、三、四等後世有合併之趨勢，而此現象於指掌圖之時代即已發生。

　　3. **效　攝**

　　各方言韻尾爲〔-u〕。一、二等各方言大致無區別，唯廣州

音一等爲〔-ou〕、二等爲〔-au〕，福州一等爲〔ɔ〕、二等爲〔-au〕，情況正與果攝類似，故等子一等擬爲〔-au〕，現代方言多轉爲〔-au〕。二等擬爲〔-æu〕，後世舌根音字亦有顎化介音〔i〕之產生。本攝僅一圖，無合口韵，亦即等子無u＋V＋u之韵母形式，古漢語及現代諸方言常見i＋V＋i之韵母形式，獨無u＋V＋u之例，可知漢語〔u〕之不相容較〔i〕爲甚。

三、四等各方言皆有介音〔i〕，等子可擬爲〔iæu〕。知、照系字後世與介音〔i〕不容，故轉爲開口韵母，此爲各攝之通例。

4. 山　攝

各方言之韻尾爲〔-n〕、爲〔-ŋ〕，考與本攝同主要元音之宕攝各方言韻尾一致爲〔-ŋ〕，故本攝當擬爲〔-n〕。漢語之鼻音韵尾，其演變過程有後移之趨勢，發音部位愈前者，消失愈早。

一、二等各方言已無區別，唯廣州、客家舌根音字，其一等主要元音爲〔o〕，二等爲〔a〕，此爲〔a〕類韵攝之共有特質，故等子之一、二等擬作〔-an〕與〔-æn〕。二等舌根聲母字後世亦有介音〔i〕產生，並使主要元音之發音部位升高，其演變如下：

æn→[1]æn→iæn→iɛn→ien

各方言之鼻音韻尾有消失者，其變化可分二類：其一，韻尾失落而影響主要元音鼻化（nasalization）；其二，韵尾失落而未影響主要元音者。

三、四等當擬爲〔-iæn〕，其後世演變有三途：有失落介音

者，如捲舌字與合口唇音字；有失落主要元音者，如廣州方言；有失落韵尾者，如陝、甘方言。此亦可證語音之演變，莫不趨於簡化也。

5. **宕 攝**

本攝原分「宕、江」二攝，等子合併而分開、合二圖。現代方言一、二等韵無區別，只二等舌根音有介音〔i〕；韵尾依方言當爲〔-ŋ〕，後世失落情形同山攝。故等子一等爲〔-aŋ〕、二等爲〔-æŋ〕。二等江韵字唇、牙、喉音置於開口圖，舌、齒音及來母見於合口圖，而現代北方之舌、齒音「樁、雙」等字正讀爲合口，與等子現象合，可知等子音系正可表現切韵音系至早期官話之樞紐。二等江韵之演變如下：

$$切韵ɔŋ—等子 \begin{cases} æŋ→iæŋ→iæŋ→國語iaŋ／舌根音— \\ uæŋ→國語uaŋ／舌、齒音— \end{cases}$$

三等陽韵唇音字今變讀輕唇音，而韵鏡、等子均置之開口，與輕唇音產生條件不合。考之福州、。閩南方言陽韵唇音皆有介音〔u〕，則陽韵唇音之〔u〕介音或係後起者，一俟其產生，聲母即由重唇轉爲輕唇。切韵指掌圖列陽韵唇音字於合口圖，可知介音〔u〕之產生而變爲輕唇，或即當此時。陽韵唇音演變如下：

$$切韵piaŋ—等子piæŋ—指掌圖piuæŋ— \begin{cases} 國語faŋ \\ 閩語puaŋ \end{cases}$$

陽韵莊系字（照二）「莊、創、爽、床」等字今多讀爲合口，而韵鏡、等子均見於開口圖，故知介音〔u〕爲後起者，或係同攝二等舌、齒音「樁、窗、雙」之類化。

三等韵同除增一介音〔i〕外，與一、二等相同，顯係受一、二等之類化。〔a〕類韵攝三等主要元音變化有二：其一，與一、二等韵類化，如果攝、效攝及本攝；其二，受介音〔i〕同化而升高發音部位，如蟹攝、山攝。

另有一特殊現象，即各韵攝中三等合口字現代方言有含〔y〕介音者、有含〔u〕介音者，等子未嘗不可分別擬爲〔-y-〕與〔-u-〕。既如此，讀〔-u-〕者何不與二等相併合耶？此蓋傳統排列之影響也。等子固有依實際音讀而歸併切韵音系之現象，然所謂併轉爲攝僅見橫方向之併合，極少縱方向之歸併，易言之，等子所併者僅爲同等不同韵之字，極少有不同等者相併。此事實可自下例證明：其一，三、四等韵雖明言相混，而等子仍依傳統格式，分別排列。其二，切韵時代之照二、照三至三十六字母僅「照」字一類，而等子亦因襲早期韵圖，分置於二、三等。其三，重紐字至北宋已全然無別，而等子依倣韵鏡，分別置三、四等中。故曰等子極少縱方向之歸併也。然等子爲音韵系統之整齊計，仍將三等合口介音一致擬作／-iu-／。

6. 咸　攝

本攝韵尾各方言有作〔-m〕者、有作〔-n〕者、有作〔-ŋ〕者。與「宕、山」攝比較觀之，等子當擬作〔-m〕。考諸陽聲各韵攝，凡〔-ŋ〕後世常不變；〔-n〕則方言有作〔-n〕、有作〔-ŋ〕；〔-m〕則方言有〔-m〕、有〔-n〕、有〔-ŋ〕。由此可知其演變之趨勢矣。

主要元音仍屬〔a〕類，各等情況同前。

三等「凡」韵屬合口，因大部爲脣音字，後世異化爲開口。

7. 止 攝

本攝僅有三等韵，分開、合二圖。現代方言凡舌上音、正齒音、齒頭音皆爲舌尖元音〔ɿ〕韵母；脣、牙、喉音爲單元音韵母〔i〕。合口韵母各方言有〔ui〕與〔uei〕二類。由此觀之，等子本攝之〔i〕元音究爲主要元音抑韵尾？茲作兩種假設分析如下：

其一，開口／i／→i

合口／ui／→ui，uəi（→uei）

假設〔i〕爲主要元音，後世合口之〔-uei〕爲後高元音〔u〕與前高元音〔i〕之間所產生之過渡音。

其二，開口／əi／→i

合口／uəi／→ui，uei

假設〔i〕爲韵尾，後世勢弱之〔ə〕元音失落，或受韵尾影響，發音部位前移爲〔e〕。

兩種假定均無介音〔-i-〕，因等子時代，「支、脂、之、微」既已併爲一類，其韵母當不致爲一極複雜之〔iəi〕與〔iuəi〕；亦即介音〔i〕當已消失，變爲與現代方言近似之形式。而本攝一、二、四等皆無字，無對比衝突之可能，故雖無介音〔i〕，等子仍依傳統置於三等，而未移至一等或二等也。

第一式假設與第二式假設就等子音系而言，並無對比性存在，固可視爲同位詞（allomorph），然爲等子音系之整齊性而言，寧取第二式。因等子各攝別無〔i〕作主要元音之例，擬爲〔-əi〕與〔-uəi〕則能與〔ə〕類之「流、臻、曾、深」等韵攝形成整齊之系統，蓋語音分配之系統性實爲各語言之普遍現象。

此其一也。

　　與止攝相配之入聲「陌、昔、職、錫、迄、質、術、物」各韻另與主要元音〔ə〕類之「曾、臻」二攝相配，故此類入聲字之主要元音亦當有〔ə〕成分，恰與〔ə〕類之止攝平、上、去聲相配。此其二也。

　　由此二項論證，可知止攝爲〔ə〕類韻攝，而具有韻尾〔-i〕。

8. 流　攝

　　本攝僅有一等與三等韻，韻尾爲〔-u〕。現代方言主要元音極複雜，有前元音〔a〕、〔ɛ〕、〔e〕，中元音〔ə〕，後元音〔o〕五類。等子如擬爲前元音則與效攝衝突；如擬爲後元音，則後世有讀前元音者部位相去太遠。較合理之推測，當擬爲〔ə〕。其發音較一般元音爲弱，故易於失落，故現代方言多有變爲〔-u,-iu〕者。

　　三等唇音韻母爲〔-iəu〕，不合於輕唇音演變之條件，故等子本攝三等唇音「富、副、復」等字當擬爲重唇音，迨〔ə〕失落後乃轉爲輕唇。其演變如下：

　　　　等子piəu→piu→fiu→fu

　　至於三等「不、謀」等字至今仍讀重唇，或因〔i〕介音失落較早，故不合於輕唇音產生之條件。切韻指掌圖正置「謀」字於一等可以爲證。其演變過程如下：

　　　　「不」piəu→pəu→pu

　　　　「謀」miəu→məu→mou

9. 臻　攝

本攝亦僅有一等與三等韵，分爲開、合二圖。其中「臻、
櫛」二韵與「眞、質」互補，音時可不必再加區別，現代方言亦
無不同也。

各方韵尾有作〔-n〕者、有作〔-ŋ〕者，與曾攝比較，更參
以歷史之事實（切韵音屬-n韵尾），等子當擬爲〔-n〕。各方言
之主要元音極複雜，有前元音〔ɛ〕、〔e〕，有中元音〔ə〕、〔
ɐ〕，有後元音〔o〕，情況大致同流攝，等子如擬爲前元音，則
與山攝衝突，讀央元音者較普遍，故擬作〔ə〕。合口韵後世有
失落主要元音而讀爲〔-un〕者，亦有同時失落主要元音與韵尾
而成爲〔ū〕者。

10. **曾　攝**

本攝原分「曾、梗」二攝，等子合併而分開、合二圖。由方
言證之，本攝當有主要元音〔ə〕。考等子〔ə〕類韵攝均無一、
二等字對立之現象，唯獨本攝有一等登韵字、二等庚、耕韵字。
一等本屬曾攝、二等本屬梗攝，二攝既合併爲一，其語音之區別
亦當已不存在，所以仍分別排列者，實傳統之影響，而等子多作
橫向之併合，極少縱向之併合也。由現代方言觀之，一、二等亦
無區別。更就等子語音系統而言，〔a〕類韵攝共六攝，其一、
二等之對立普遍存在，〔ə〕類韵攝共五攝，僅本攝一、二等字
並見，語音分配常成爲整齊對襯之系統，爲本攝單獨另設一韵母
反有不妥。故等子一、二等均擬作〔-əŋ〕。

二等字後世有少數不與一等合併，而讀爲開口細音，與三、
四等一致，如「行、迸」等，此類字較爲特殊。

11. **深　攝**

本攝僅有三等韵，不分開合。各方言韵尾有〔-m〕、〔-n〕、〔-ŋ〕。凡三類韵尾並見於方言之攝，古代必爲〔-m〕，因鼻音韵尾之演變傾向部位後移，決無〔-n〕、〔-ŋ〕反而前移爲〔-m〕者。各方言主要元音大致爲〔ə〕，可據以擬訂等子。後世有少數變爲前元音或後元音者，此類分佈狀況，正爲〔ə〕類韵攝之通例。

12. **遇 攝**

本攝僅有一等與三等韻。一等韵各方言均讀〔-u〕，等子之擬訂依此。流攝字「部、母、富、浮」後世讀同本攝，蓋二攝音近而類化者。三等擬作〔-iu〕，現代方言演變爲二類：一爲〔-u〕，見於唇音、知系、照系及日母字中；一爲〔-y〕，見於見系、影系、精系及來母字中。

13. **通 攝**

本攝僅有一等、三等韵。等子依據現代方言擬作〔-uŋ〕與〔-iuŋ〕。後世有失落韵尾而成爲鼻化韵母者；亦有受唇音之異化作用而變爲〔-əŋ〕（◄-uŋ）者。

三等韵後世多變爲洪音，其因有三：其一，捲舌聲母使〔-i-〕介音受排擠而失落；其二，唇音字在〔-iu〕前變爲輕唇，同時失落介音〔i〕；其三，部分見系字、來母字，如「恭、恐、共、龍」產生不規則之演變，使介音〔i〕失落，遂與一等之「公、孔、籠」無復區別。

總括上述，等子音系所包括之元音有五：〔i〕、〔u〕、〔ə〕、〔æ〕、〔a〕，其中唯〔i〕元音不作主要元音。等子韵母之分配如下：

u	ə	æ ɑ	主要元音 攝名　韻尾
遇		果	—ø
	止	蟹	—i
	流	效	—u
	深	咸	—m
	臻	山	—n
通	曾	宕	—ŋ
（各攝入聲）			—ʔ
			—p

柒、四聲等子之聲調

等子聲調分平、上、、去、入四類，系統與切韻時代相同。唯入聲字兼配陰聲與陽聲韻攝，正顯示入聲性質之變化。入聲字既未歸入平、上、去調，又—改傳統之相承關係，則吾人可推測其韻尾可能大部分均已變爲喉塞音〔-ʔ〕，與現代吳語相同。以下參考現代方言分等子入聲爲七組擬訂其音讀。

第一組－一等「屋、沃」、三等「燭、屋」

　　通攝　uŋ iuŋ——uʔ　　iuʔ

　　遇攝　u iu ——uʔ　　iuʔ

　　流攝　au iəu——uʔ　　iuʔ

第二組－一等「鐸」、二等「覺」、三、四等「藥」

　　宕攝　　　aŋ æŋ iæŋ——aʔ æʔ　iæʔ

　　效攝　　　au æu iæu——aʔ æʔ　iæ ʔ

　　果攝（一等）　a　　　　——aʔ

　　第三組－一等「德」、二等「陌、麥」、三、四等「職、
　　昔、錫」

　　　曾攝　əŋ　iəŋ──əˀ　iəˀ

　　　止攝　　　　əi──əˀ（陌）iəˀ（職、昔、錫）

　　第四組－一等「曷、末」、二等「黠、鎋」、三、四等「
　　薛、屑、月」

　　　山攝　aŋ　æn　iæn──aˀ　æˀ　iæˀ

　　　蟹攝　ai　æi　iæi──aˀ　æˀ　iæˀ

　　　果攝（二等）　æ　──　aˀ　æˀ　iæˀ

　　第五組－一等「沒」、二等「櫛」、三、四等「物、質、
　　術、迄」

　　　臻攝　ən　iən──əˀ　iəˀ

　　　止攝　　　əi──　iəˀ

　　第六組－一等「合、盍」、二等「洽、狎」、三、四等「
　　乏、怗、葉、業」

　　　咸攝　am　æm　iæm──ap　æp　iæp

　　第七組－三等「緝」

　　　深攝　iəm──iəp

　　綜合以上七組入聲可知果攝、止攝皆有切韵時代收〔-k〕與
收〔-t〕之入聲韵相混，更可確信等子入聲韵尾之變爲喉塞音〔
-ˀ〕。唯獨切韵時代收〔-p〕之韵尾，其相承關係未變，仍與
收〔-m〕之韵相配，又不與其他韵尾之入聲字相混，故等子時
代仍應存在〔-p〕韵尾。

捌、切韵至四聲等子音系之演變

切韵聲母共四十一類，等子則三十六類，其不同在前者分「照、穿、牀、審、喻」諸聲母爲兩類。聲調切韵與等子均分平、上、去、入四類，唯切韵入聲韵尾有三，等子僅餘二也（見前）。韵母之演變最顯著者爲主要元音之簡化，切韵主要元音在十類以上。等子僅四類，此實音變之常例。

玖、四聲等子與早期官話之關係

由周德清「中原音韵」所代表之早期官話觀之，音系之省併亦顯而可見。聲母方面其不同有四：

1. 濁音清化，b′、bv′、d′、dz′、z、ḍ、dʒ′、g′、ɣ 等九母已不存於中原音韵。
2. 非、敷二母合一，pf、pf′、──→f
3. 知、照系字均變爲舌尖面混合音。
4. 影、喻二母均成爲「零聲母」。

聲調方面中原音韵入聲消失,變入平、上、去調中。平聲則分陰、陽二類，凡濁聲母字皆變爲陽調類，清聲母字變爲陰調類。入聲韵尾之演變如下圖：

切韻時代　四聲等子　中原音韵　國語

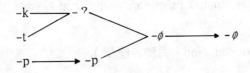

韻母方面之演變如下：

1. uŋ iuŋ→uŋ iuŋ（東鍾＝通攝）

2. aŋ æŋ iæŋ uaŋ uæŋ→aŋ iaŋ uaŋ（江陽＝宕攝）

3. əi→ï／ts ts系一（支思＝止攝精、照、日系字）

4. əi uəi iæi uæi→i ei uei（齊微＝止攝及蟹攝開口三、四等與合口）

5. u iu→u iu（魚模＝遇攝）

6. ai æi→uai（入聲「劃」字）ai iai（皆來＝蟹攝開口一、二等）

7. ən iən uən iuən→ən iən uən yən（真文＝臻攝）

8. an æn uæn iuæn→an ian uan（寒山＝山攝開口一、二等合口二等及咸攝非系字）

9. uan→on（桓歡＝山攝合口一等）

10. iæn iuæn→ien yen（先天＝山攝開口三、四等合口三等）

11. au æu iæu→au au iau（蕭豪＝效攝）

12. a ua→o io（入聲「虐、略」等字）、uo（歌戈＝果攝一等）

13. æ uæ→a ua（家麻＝假攝二等）

14. iæ iuæ→ie ye（車遮＝假攝三、四等）

15. əŋ iəŋ uəŋ iuəŋ→əŋ iəŋ uəŋ yəŋ（庚青＝曾攝）

16. əu iəu→ou iou（尤侯＝流攝）

17. iəm→əm　iəi（侵尋＝深攝）

18. ɑm　æm→am　iam（監咸＝咸攝一、二等）

19. iæm→iem（廉纖＝咸攝三、四等）

（原刊《木鐸》第5,6期合刊351-368，臺北）

九經直音的濁音清化

壹、九經直音概述

九經直音爲宋人讀經注音之書，未署明作者，故台灣商務印書據十萬卷樓叢書本影印之「明本排字九經直音」稱「撰人不詳」。清藏書家陸心源疑爲孫奕所作，惜證據不足，仍無法斷言。不過，由書中直音資料之歸納分析，可以得知切韻以後，聲韻之分合變化。蓋了解音變，掌握音變之線索與規律，亦聲韵學研究之主要目的。基於此，九經直音一書自有其莫大之價值在焉。

九經直音與陸德明之經典釋文爲過去學者研究經典之兩部重要著作，四庫提要比較二書之異同云：

> 釋文所載，皆唐以前音，而此書則兼取宋儒，如於詩、中庸、論語、孟子則多採朱子，於易則兼採程朱，於禮則多採方慤，其他經引胡瑗、司馬光者尤多。

由此可知九經直音所收之音以宋代爲主。陸心源亦云：

> 成書之後，當時想必風行，故坊賈多取其書，或附於後，或列於上，猶麻沙刻十三經注疏之附經典釋文，南宋風氣使然也。

陸氏又云：

> 是書以直音易反切，取便童蒙，而暗合許、鄭之旨。

因為直音之法較反切更直截了當，人人能懂，故九經直音在宋代比經典釋文更為風行普遍。至明代，此書遂衰落不聞，陸心源云：

> 明人荒經，此書及經典釋文三百年無刊本。

於是陸氏排字重印此書，名為「明本排字九經直音」，這部書乃得重顯於世。

九經直音之編排體例與經典釋文相同，皆取經典文字逐部注音，並不錄經典全文，只摘出需加音注之字，以小字注直音於下。所注之經典，依次為一、孝經二、論語三、孟子四、毛詩五、尚書六、周易七、禮記八、周禮九、春秋。

四庫提要對九經直音十分推崇，提要云：

> （九經直音）與陸氏之書尤足相續，在宋人經書音釋中，最為妥善。

就聲韵學研究之觀點言，九經直音最大之價值在於了解切韵以後的音變。由九經直音之歸納，可以發現無論聲紐、韵母、聲調各方面皆有相當之轉變。本文專就聲紐的「濁音清化」一項作一探討，並羅列書中各項證據，說明其轉變。

貳、濁音清化

六朝時代的中古聲母擁有大量的濁音，包括塞音、塞擦音、擦音。所謂濁音聲母，是發音時聲帶需顫動的聲母。這類聲母在

語音演化的過程中，逐漸的轉化成清音，也就是聲母的發音不再顫動聲帶，這種清化的傾向不但存在於漢語歷史中，也可以從西洋語言中獲得印證。例如著名的格林姆語音律（Grimm's Law）中，原始印歐語的 b d g 到了古日耳曼語就變成了 p t k。所以這是語音演化的一個普遍規律。

宋代流行三十六字母，其中的濁聲母爲：並、明、奉、微、定、泥、澄、娘、從、邪、牀、禪、群、疑、匣、喻、來、日，正好占了一半，可是從許多宋代的語音材料看來，宋代的濁音聲母已傾向清化，九經直音的證據正說明了這一點。三十六字母的守古性很大。並不完全代表宋代聲母。

以下依照發音部位的前後，把九經直音中濁音轉化清音的例證一一列出。（頁數、行數據商務本九經直音）

一、重唇音：

1. 春秋僖公三十三年：「薄，无音，當音博」（206頁10行）

2. 春秋僖公二十三年：「薄、博」（203頁7行）

3. 春秋莊公十一年：「薄，无音，當音博」（196頁5行）

4. 春秋文公十二年：「薄、博」（209頁4行）

5. 春秋宣公十二年：「薄、博」（213頁6行）

6. 春秋昭公元年：「薄、博」（234頁3行）

以上六例用「博」字注音「薄」的音，考「薄」字屬鐸韵傍各切，是並母字：「博」字屬鐸韵補各切，是幫母字。注音者把它們當作是一個音，顯然他已經不分清濁了，也就是把濁音的「薄」字讀成了清音。

這裡第1、3條所謂「旡音」可能是指經典釋文等音書都沒有爲這個字注音，這裡注上「當音博」，從口氣上看，應當是作者自己所加，他的根據，應是當時通行的讀法。經典釋文只在文公十二年「薄」字下有「蒲莫反，下同」幾個字，仍爲並母的讀法，尚未清化。

7. 詩經小弁：「洴，幣」（66頁5行）

「洴」字屬至韵匹備切，爲滂母字;「幣」字屬祭韵毗癸切，爲並母字。以濁音字注清音，顯然此濁音已清化了。釋文此字注：「徐孚計反，又匹計反」，皆是清音。

8. 詩經楚茨：「苾，匹」（68頁10行）

9. 詩經信南山：「苾，匹」（69頁3行）

「苾」字屬質韵毗必切，是並母字;「匹」字屬質韵譬吉切，是滂母字。以清音注濁音，表示「苾」字已變成清聲母了。

釋文「苾」字下注：「蒲蔑反，又蒲必反」，其反切上字與「苾」字皆爲濁音。

10. 孝經序：「粕，傍入」（9頁7行）

「粕」字屬鐸韵匹各切，是滂母字;「傍」字屬唐韵步光切，是並母字。以濁音注清音，也是清化的現象。

11. 孟子題辭：「迫、百」（24頁5行）

「迫」字屬陌韵博陌切，是幫母字;「百」字屬陌韵傍陌切，是並母字。以濁音注清音，亦爲清化之證明。

12. 孟子告子下：「拂，弼」（39頁10行）

「拂」字屬物韵敷勿切，是敷母字（當時可能仍讀爲重唇滂母）;「弼」字屬質韵房律切，是並母字。以濁音注清音，亦屬

清化。

13. **易經豐卦**：「沛，佩」（105頁7行）

「沛」字屬泰韻普蓋切，是滂母字；「佩」字屬隊韻蒲昧切，是並母字。以濁音注清音，可知「佩」字已成爲清聲母字。

釋文「沛」字下注云：「普貝反，王廙豐蓋反，又補賴反，徐普蓋反。」所引之各音，反切上字皆爲清音。

14. **尚書盤庚上**：「撲，蓬入」（91頁9行）

「撲」字屬屋韻普木切，是滂母字；「蓬」字屬東韻薄紅切，是並母字。此以濁音注清音，「蓬」字已清化。

釋文「撲」字下注「普卜反」，反切上字與本字同爲清音。

15. **周禮司市**：「朴，旁入」（171頁9行）

「朴」字屬覺韻匹角切，是滂母字；「旁」字屬唐韻步光切，是並母字。此以濁音注清音，「旁」已清化。

釋文「朴」字下注「普卜反」，反切上字與本字同爲清音。

16. **周禮遂師**：「庀，皮上」（172頁7行）

「庀」字屬紙韻匹婢切，是滂母字；「皮」字屬支韻符羈切，是並母字。此以濁音注清音，「皮」字已變清音。

釋文「庀」字下注云：「匹爾反，劉副美反，又芳美反」，所引三音皆爲清音，與本字一致。

二、輕脣音

17. **禮記少儀**：「贈，鳳」（142頁6行）

18. **禮記文王世子**：「贈，鳳」（130頁9行）

19. **禮記檀弓上**：「贈，奉」（119頁8行）

20. 禮記隱公元年：「賵，鳳」（190頁3行）

21. 春秋文公五年：「賵，鳳」（207頁8行）

以上五例以「鳳」「奉」二字注「賵」。考「賵」字第20例誤作 睸) 屬送韵撫鳳切，是敷母字，「鳳」字屬送韵馮貢切，是奉母字，「奉」字屬腫韵扶隴切，是奉母字。「賵」是清聲母字，作注的「鳳」、「奉」卻是濁聲母，可知「鳳」「奉」必已清化。

釋文「賵」字注「芳鳳反」，反切上字與本字一致。

22. 論語雍也：「否，浮上」（14頁7行）

23. 詩經葛覃：「否，浮上」（42頁10行）

24. 詩經何人斯：「否，浮上」（67頁1行）

25. 尚書堯典：「否，浮上」（86頁9行）

26. 尚書盤庚下：「否，浮上」（92頁4行）

27. 尚書太甲下：「否，浮上」（91頁3行）

28. 尚書君奭：「否，浮上」（97頁2行）

29. 尚書益稷：「否，浮上」（88頁5行）

30. 易經遯卦：「否，音鄙，又浮上聲」（103頁4行）

以上九例皆用「浮」字的上聲注「否」字的音（第29例誤作浮去）。考「否」字屬有韵方久切，是非母字；「浮」字屬尤韵縛謀切，爲奉母字。此以濁音注清音，知「浮」字已清化。

釋文易經遯卦「否」字下注云：「音鄙，徐方有反，鄭、王肅備鄙反」，此「方有反」與「否」字廣韻中的反切同聲母，皆屬清音。

31. 易經習坎卦：「缶，浮上」（102頁10行）

「缶」字在廣韵中與「否」同音，此例情況與前九例相同。

32. 論語微子：「飯，反）（22頁9行）

「飯」字屬廣韵阮韵扶晚切，是奉母字；「反」字屬阮韵府遠切，是非母字。此以清音注濁音，知「飯」字已清化。

釋文「飯」字音扶晚反，反切上字與本字同爲濁音。

33. 論語述而：「憤，分上」（15頁2行）

「憤」字屬吻韵房吻切，是奉母字；「分」字屬文韵府文切，是非母字。此以清音注濁音，知「憤」字已變讀清音。

釋文「憤」字音符粉反，反切上字與本字同爲奉母。

34. 春秋僖公三十三年：「祔，付」（206頁10行）

「祔」字屬遇韵符遇切，是奉母字：「付」字屬遇韵方遇切，是非母字。此以清音注濁音，知「祔」字已讀爲清聲母。

釋文「祔」字注「音附」，而「附」屬濁音奉母，與「祔」相同。

三、舌頭音

35. 孟子離婁下：「他，沱」（35頁1行）

「他」字屬歌韵託何切，是透母字；「沱」字屬歌韵徒何切，是定母字。此以濁音注清音，知「沱」已變讀清音。

36. 詩經君子偕老：「髢，替」（47頁10行）

「髢」字屬霽韵特計切，爲定母字；「替」字屬霽韵他計切，爲透母字。此以清音注濁音，知「髢」字已清化。

釋文「髢」字音徒帝反，仍爲濁音。

37. 詩經載驅：「簟，添上」（53頁5行）

「簟」字屬忝韵徒玷切,是定母字;「添」字音他兼切,是透母。此以清音注濁者。釋文此字無音。

38. 孟子滕文公上:「溻,談入」（31頁3行）

39. 尚書禹貢:「溻,談入」（88頁10行）

「溻」字屬合韵他合切,爲透母;「談」字音徒甘切,爲定母。此以濁音注清音,知「談」字已清化。

釋文「溻」字音天答反,又他合反,皆透母,與本字相同。

40. 詩經草蟲:「趯,狄」（44頁1行）

41. 詩經出車:「趯,狄」（61頁6行）

「趯」字屬錫韵他歷切,爲透母字;「狄」字乃錫韵徒歷切,爲定母字。此以濁音注清音,知「狄」字已清化。

釋文「趯」字音託歷反,與本字同爲清音。

42. 春秋僖公三十一年:「洮,陶」（206頁4行）

「洮」字屬宵韵土刀切,爲透母字;「陶」字乃宵韵徒刀切,爲定母字。此以濁音注清音,知「陶」字已清化。釋文「洮」字音吐刁反,反切上字與本字同爲透母。

四、齒頭音

43. 詩經楚茨:「茨,兹」（68頁7行）

44. 詩經甫田:「茨,兹」（69頁5行）

「茨」字屬脂韵疾資切,爲從母字;「兹」字屬之韵子之切,乃精母字。此以清音注濁音,知「茨」字已清化。釋文「茨」音徒咨反,仍爲濁音。

45. 詩經漸漸之石:「漸,七咸」（72頁7行）」

「漸」字屬琰韵慈染切，為從母字。「七咸」之上字為清母。此以清音切濁音，知「漸」字已清化。釋文「漸」字音士銜反，又引沈作時銜反，皆為濁音，與「漸」字相同。

46. 論語泰伯：「睢，徂」（15頁6行）

「睢」字九經直音偏旁誤從目，當從且，屬魚韵七余切，為清母字；「徂」屬模韵昨胡切，為從母字。此以濁音注清音，知「徂」字已清化。釋文「睢」字注七餘反，反切上字與本字同為清音。

47. 周禮樂師：「薺，咨」（176頁2行）

「薺」字屬徂禮切，又脂韵疾資切，二音皆讀從母；「咨」見脂韵即夷切，乃精母字。此以清音注濁音，知「薺」字當已清化。釋文「薺」字音徐私反，反切上字與本字同為濁音。

48. 孟子題辭：「沮，阻」（24頁4行）

「沮」字屬語韵慈呂切，為從母字；「阻」字屬語韵側呂切，為照二。此以清音注濁音，知「沮」字當已清化。

49. 詩經月出：「梢，樵上」（57頁4行）

「梢」字釋文作「悄」，音七小反，廣韵屬小韵親小切，皆為清母；「樵」一字屬宵韵昨焦切，為從母。此以濁音注清音，知「樵」字已清化。

50. 詩經谷風：「薺，妻上」（46頁5行）

此例與47例的「薺」字聲調不同，47例讀平聲，此讀上聲。皆為濁聲母，而「妻」字屬齊韵七稽切，是清母字。此以清音注濁音，知「薺」字已非濁音矣。釋文此處「薺」字音齊禮反，仍為濁聲母。

51. 論語鄉黨：「阼，作」（16頁10行）

「阼」屬暮韵昨誤切，爲從母字；「作」屬鐸韵則落切，爲精母字。此以清音注濁音，知「阼」字已清化。釋文「阼」字音才故反，反切上字與本字皆濁音。

52. 尚書微子：「瘠，精入」（93頁3行）

53. 易經説卦：「瘠，迹」（108頁7行）

「瘠」字屬昔韵秦音切，爲從母字，「精」字屬清韵子盈切，「迹」字屬昔韵資昔切，這兩個作注音的字都是精母字。此二例皆以清音注濁音，可知「瘠」字已轉爲清音了。釋文「瘠」字在尚書微子音在益反，在易經說卦音在亦反，反切上字皆從母，與本字相同。

54. 禮記儒行：「積，漬」（160頁7行）

55. 禮記聘義：「積，漬」（163頁10行）

56. 周禮宰夫：「委積，上去，下漬，後二字連者同」（165頁9行）

57. 春秋襄公九年：「積，漬」（222頁10行）

58. 周禮牛人：「積，漬」（170頁10行）

59. 春秋僖公三十三年：「積，漬」（206頁6行）

以上六例皆以「漬」注「積」之音。考「積」字屬寘韵子智切，爲精母字；「漬」字屬寘韵疾智切，爲從母字。此以濁音注清音，可知「漬」字已清化。

60. 礼記間傳：「線，全去」（159頁5行）

「線」字見仙韵此緣切，爲清母字，又音上聲采選切，亦屬清母。廣韵釋其義云：「爾雅曰：一染謂之線，今之紅也。」說

文云：「縓，帛赤黃色也，一染謂之縓，再染謂之禎，三染謂之纁，從系原聲。」案原、泉二字爲同源字，廣韵泉與全同音。不過，這裡把「縓」讀成「全」的去聲。

「全」字見仙韵疾緣切，爲濁音從母字。可知此處以濁音注清音，顯然「全」字已清化了。至於「縓」字去聲一讀，廣韵未見，或係後起之讀音。

釋文「縓」字音七戀反，反切上字與本字一致，皆爲清音。

61. 詩經卷耳：「兕；死」（43頁2行）

「兕」字見旨韵徐姊切，爲邪母字；「死」字見旨韵息姊切，爲心母字。此以清音注濁音，可知「兕」字已清化。釋文「兕」字作徐履反，反切上字與本字同爲濁音。

62. 詩經敝笱：「鱮，須上」（53頁4行）

「鱮」字見語韵徐呂切，爲邪母字；「須」字見虞韵相俞切，爲心母字。此以清音注濁音。可知「鱮」字已清化。釋文「鱮」字音才呂反，反切上字與本字同爲濁音。

63. 詩經文王：「藎，辛上」（73頁1行）

「藎」字見震韵徐刃切，爲邪母字；「辛」字見眞韵息鄰切，爲心母字。此以清音注濁音，可知「藎」字已清化。釋文「藎」字音才刃反，反切上字與本字同爲濁音。

64. 孝經序：「燼，辛去」（9頁6行）

「燼」字也見震韵徐刃切，所以此例情況跟前例相同，「燼」字已發生清化。只不過這裡的聲調變成去聲而已。釋文此字音才刃反，仍爲濁聲母。

65. 詩經皇矣：「羡，先去」（74頁4行）

　　「羨」字見線韵似面切，爲邪母字；「先」字音蘇前切，爲
心母字。此以清音注濁音，可知「羨」字已經清化。釋文「羨」
字音錢面反，反切上字與本字同爲濁音。

　　66. 孟子萬章上：「浚，旬去」（35頁8行）

　　67. 詩經凱風：「浚，旬去」（46頁2行）

　　68. 易經恒卦：「浚，旬去」（103頁3行）

　　此三例之「浚」字屬稕韵私閏切，爲心母字；「旬」字屬諄
韵詳遵切，爲邪母字。此以清音注濁音，可知「旬」字實已清
化。釋文「浚」字音苟潤反，反切上字與本字同爲心母。

　　69. 禮記中庸：「峻，旬去」（155頁9行）

　　「峻」字見稕韵私潤切，情況與前三例相同。可證「旬」字
當已變爲清音。釋文「峻」字音思閏反，反切上字與本字同爲心
母。

　　70. 易經乾卦：「粹，隋去」（100頁4行）

　　「粹」字見至韵雖遂切，爲心母字；「隋」字見支韵旬爲
切，爲邪母字。此以濁音注清音，可知「隋」字已清化。釋文「
粹」音雖遂反，反切上字與本字相符。

五、舌面音

　　71. 尚書五子之歌：「嗜，詩云」（90頁1行）

　　「嗜」字屬至韵常利切，爲禪母字；「詩」字見之韵書之
切，爲審三。此以清音注濁音，可知「嗜」字已清化。釋文「
嗜」字音市志反，仍爲濁音。

　　72. 詩經既醉：「攝，涉」（75頁8行）

「攝」字見葉韵書涉切，爲審二；「涉」字見葉韵時攝切，爲禪母字。此以濁音注清音，可知「涉」字已清化。釋文此處無音。

73. 詩經泯：「葚，深上」（49頁5行）

「葚」字見寢韵食荏切，爲床三；「深」字見侵韵式針切，爲審三。此以清音注濁音，可知「葚」字已清化。釋文「葚」音甚，仍爲濁音。

74. 論語先進：「俟，師去」（17頁10行）

「俟」字見止韵床史切，爲床母，而切韵殘卷音漦史切，則爲禪二；「師」字見脂韵疏夷切，爲審二。此以清音注濁音，可知「俟」字已清化。釋文此處無音。

75. 周禮泉府：「售，收去」（172頁2行）

「售」字見宥韵承呪切，爲禪母字；「收」字見尤韵式州切，爲審三。此以清音注濁音，可知「售」字已清化。釋文此處無音。

76. 詩經小弁：「讒，站平」（66頁6行）

「讒」字見咸韵士成咸功，爲床二；「站」字見陷韵陟陷切，爲知母字。由此例可以推測「讒」字清化爲照三，復與知母字混而無別。知照二系聲母的混合，也是中古以後的傾向。此處釋文無音。

77. 春秋文公六年：「杼，舒上，又余上」（208頁2行）

「杼」字見語韵神與切，爲床三；「舒」字見魚語傷魚切，爲審三。此以清音注濁音，知「杼」已清化。但「杼」字之清化應經過轉爲禪母的階段，亦即由塞擦音變爲擦音，才能跟擦音

的「舒」字變爲同音。

六、舌根音

78. 詩經桑柔：「狂，居光」（78頁6行）

「狂」字見陽韵巨王切，爲群母字；所注之反切上字「居」爲見母字。此以清音注濁音，知「狂」字已清化。釋文「狂」字下註云：「王居況反，鄭求方反」此處「狂」字取平聲，與釋文「求方反」皆爲濁聲母，並無變化。

79. 詩經碩人：「朅，桀」（49頁3行）

「朅」字見薛韵丘謁切，爲溪母字；「桀」字見薛韵渠列切，爲薛母字。此以濁音注清音，可知「桀」字已清化。釋文「朅」字音欺列反，又起謁反，反切上字皆與「朅」字聲母相同。

80. 詩經韓奕：「姞，經入」（80頁1行）

「姞」字見質韵巨乙切，爲群母字；「經」字見青韵古靈切，爲見母字。此以清音注濁音，知「姞」字已清化。釋文「姞」字下注云：「其一反，又其乙反，又音佶」三音皆群母，與「姞」相合。

81. 詩經還：「儇，玄」（52頁7行）

「儇」字見仙韵許緣切，爲曉母字；「玄」字見先韵胡涓切，爲匣母字。此以濁音注清音，可知「玄」字已清化。釋文「儇」字音許金反，反切上字與本字相符。

82. 詩經芄蘭：「觿，兮」（49頁7行）

「觿」字見支韵許規切，爲曉母字；「兮」字見齊韵胡雞切，爲匣母字。此以濁音注清音，可知「兮」字已清化。釋文「

觿」字音許規反,反切上字與本字同爲曉母。

83. 易經乾卦:「亨,很平」(100頁1行)

「亨」字見庚韻許庚切,爲曉母字;「很」字見很韻胡墾切,爲匣母字。此以濁音注清音,可知「很」字已清化。釋文「亨」音許庚反,反切上字與本字同爲清音。

84. 孟子告子下:「華,化」(39頁4行)

85. 春秋文公七年:「華,化」(208頁5行)

「華」字見禡韻胡化切,爲匣母字;「化」字見禡韻呼霸切,爲曉母字。此以清音注濁音,知「華」字已清化。釋文无音。

86. 詩經雲漢:「嘒,惠」(79頁2行)

87. 詩經小星:「嘒,惠」(44頁7行)

88. 詩經小弁:「嘒,慧」(66頁5行)

「嘒」字見霽韻呼惠切,爲曉母字;「惠、慧」二字皆屬霽韻胡桂切,爲匣母字。此以濁音注清音,可知「惠、慧」二字已清化。

89. 詩經卷阿:「翽,會」(76頁7行)

「翽」字見泰韻呼會切,爲曉母字;「會」字見泰韻黃外切,爲匣母字。此以濁音注清音,可知「會」字已清化。釋文「翽」字音呼會反,反切上字與本字同爲清音。

90. 尚書無逸:「幻,奐」(96頁9行)

「幻」字見襉韻胡辨切,爲匣母字;「奐」字見換韻火貫切,爲曉母字。此以清音注濁音,可知「幻」字已清化。釋文「幻」字音患,其聲母相同類。

91. 禮記儒行：「詬、溝，又后」（161頁4行）

「詬」字見候韵呼候切，爲曉母字；「后」字見候韵胡遘切，爲匣母字。此以濁音注清音，可知「后」字已清化。釋文「詬」字音呼候反，反切上字與本字同聲母。

92. 詩經匏有苦葉：「旭，雄入」（46頁4行）

93. 詩經谷風：「慉，雄入」（46頁8行）

「旭」字見燭韵計玉切，爲曉母字；「慉」字見屋韵許竹切，爲曉母字；但用作注音的「雄」字見東韵羽弓切，卻是匣母字（原本玉篇，經典釋文等早期反切顯示匣與喻三不分）。此二例皆以濁音注清音，可知「雄」字實已清化。釋文「慉」字下注許六反，「旭」字下云：「許玉反，又許袁反，字林呼老反」，皆爲曉母，與「慉」的聲母一致。

94. 孟子滕文公下：「脅，叶」（32頁9行）

「脅」字見業韵虛業切，爲曉母字；「叶」字見怗韵胡頰切，爲匣母字。此以濁音注清音，知「叶」字已清化。

95. 孟子梁惠王下：「壑，杭入」（27頁6行）

96. 孟子公孫丑下：「壑，杭入」（29頁7行）

97. 孟子告子下：「壑，杭入」（39頁7行）

此三例中「壑」字見鐸韵呵各切，爲曉母字；「杭」字見唐韵胡郎切，爲匣母字。此以濁音注清音，可知「杭」字已清化。

98. 尚書蔡仲之命：「霍，黃入」（97頁3行）

「霍」字見鐸韵虛郭切，爲曉母字；「黃」字見唐韵胡光切，爲匣母字。此以濁音注清音，可知「黃」字已清化。釋文此處無音。

99. 詩經凱風：「睍，顯」（46頁2行）

「睍」字見銑韵胡典切，爲匣母字；「顯」字爲銑韵呼典切，爲曉母字。此以清音注濁音，可知「睍」字已清化。釋文「睍」睍音胡顯反，反切上字與本字同爲濁音。

100. 詩經淇奧：「咺，玄上」（48頁7行）

「咺」字見阮韵況晚切，爲曉母字；「玄」字見先韵胡涓切，爲匣母字。此以濁音注清音，可知「玄」字已清化。釋文「咺」字音況晚反，反切上字與本字同聲母。

叁、結　論

以上一百個濁音清化的例子，包含了「並、奉、定、從、邪、禪、床、群、匣」，正是三十六字母中的全濁聲母。「澄」母的例，書中僅一見：

周禮牛人：「職，特（案當作持）」（170頁10行）

此處「職」字爲入聲韵目，屬照母；「持」字見之韵直之切，屬澄母。「持」字用來注清音的「職」，可見「持」已發生清化。

加上這個例證，我們可以說，宋代的濁音清化是個普遍的現象，它存在於每一類全濁聲母中。如果我們再拿宋代別的語音資料來觀察，也可以得到印證。譬如邵雍的皇極經世書聲音唱和圖，根據周祖謨「宋代汴洛語音考」（見輔仁學誌十二卷一、二合期）一文的研究，其中顯然已存在著濁音清化的現象。再如宋代的等韵圖——四聲等子也有跡象可尋。（見竺家寧四聲等子音

系蠡測一書，師大國文研究所集刊第十七本）

　1.曾攝合口群母三等上聲「憬」字，實爲見母字，屬梗韻舉永切。

　2.曾攝合口群母三等去聲「病」、入聲「躩」字，實爲溪母字，屬敬韻丘詠切、昔韵虧碧切。

　3.臻攝開口群母一等上聲「頜」字，實爲溪母字，屬混韵苦本切。

　4.山攝開口滂母四等入聲「蟞」字，實爲並母字，屬屑韻蒲結切。而並母下有「擊」字，實爲滂母字，屬屑韵普蔑切。

　這些情況都是清音放到了濁音的位置，或濁音放到了清音的位置，亦即二者已無分別，雖然整個韻圖大體上是依傳統排列各字，亦免不了受實際音讀的影響，發生清濁的誤置，顯露了濁音清化的痕迹。

　此外，根據先師許詩英先生的研究，朱子詩集傳也有不少例子顯示了濁音清化：（見許詩英先生論文集，弘道書局）

1.　曹風侯人一章：「彼侯人兮，何戈與祋。彼其之子，三百赤芾（蒲昧反）。」

2.　小雅匏葉二章：「有兔斯首，炮（百交反）之燔之。」

3.　鄭風清人一章：「清人在彭（叶普郎反），駟介旁旁。」

4.　魯頌駉二章：「有駜有駓，以車伾伾（符丕反）。」

5.　小雅四月二章：「秋日淒淒，百卉具腓（芳非反）。」

6.　小雅頍弁三章：「爾酒既旨，爾殽既阜（方九切）。」

7.　大雅文王七章：「儀刑文王，萬邦作孚（叶房尤反）。」

8.　小雅小宛五章：「哀我填（都田反）寡，宜岸宜獄。」

9. 大雅蒸民六章:「我儀圖（叶丁五反）之，維仲山甫舉之。」

10. 大雅公劉二章:「維玉及瑤，鞞琫容刀（叶徒招反）。」

11. 王風丘中有麻二章:「彼留子嗟，將其來施施（叶時遮反）。」

12. 大雅常武一章:「赫赫明明，王命卿士（叶音所）。」

13. 小雅小弁三章:「天之生我，我辰安在（叶此里反）。」

14. 小雅楚茨六章:「樂具入奏（叶音族），以綏後祿。」

15. 鄘風相鼠二章:「人而無止，不死何俟（又音始）。」

16. 衛風氓三章:「于嗟鳩兮，無食桑葚（叶知林反）。」

17. 小雅采綠四章:「其釣維何？維魴及鱮（叶音湑）。」

18. 小雅正月六章:「謂天蓋高，不敢不局（叶居亦反）。」

19. 豳風七月一章:「無衣無褐（叶許例反），何以卒歲。」

以上十九例包含了各部位的濁聲母，都是以清音注濁音，或濁音注清音，證明了清化的演變，跟九經直音是相合的。

（原刊《木鐸》第8期，289-302，臺北）

九經直音聲調研究

壹、前　言

　　九經直音與經典釋文是研究經典音讀最重要的兩部書。兩書都是取經典文字，逐部加以音注，並不錄經典全文，只摘出需加音注之字，以小字注音於下。只不過九經直音採用直音法，經典釋文則以反切注音。同時，經典釋文主要在搜羅唐以前的反切，目的在保存舊音古讀，所以讀釋文，使我們知道六朝的古音；九經直音目的在使當時的學者依當時認為正確而通行之音讀書，正如今日用通行之國語讀書一樣，所以九經直音可以幫助我們了解宋代的實際語音。

　　四庫提要云：

　　　釋文所載，皆唐以前音，而此書則兼取宋儒，如於詩、中庸、論語、孟子則多採朱子，於易則兼採程朱，於禮則多採方愨，其他經引胡瑗、司馬光者尤多。

　　清陸心源云：

　　成書之後，當時想必風行，故坊賈多取其書，或附於後，
　　或列於上，猶麻沙刻十三經注疏之附經典釋文，南宋風氣
　　使然也。

　　由這兩段話，可以知道此書不獨在歷史上有其重要的地位，
也是我們今日研究宋代語音最珍貴的材料之一。四庫提要稱道九
經直音「與陸氏之書尤足相續，在宋人經書音釋中，最爲妥
善。」實可當之而無愧。

　　由九經直音所注的字音歸納研究，可以發現，無論在聲母、
韻母、聲調各方面都顯示了切韻音系到近代官話轉變的痕迹。本
文專就聲調方面作一討論，分爲三部分：一、入聲性質的變化
二、濁上歸去三、聲調的異讀。各例括弧內注明商務印書館據十
萬卷樓叢書本影印之明本排字九經直音的頁數與行數，以便查
考。

貳、入聲性質的變化

　　中古時代的入聲字具有-p-t-k韻尾，到了宋代，這些入聲字
發生了變化。在九經直音中，-p-t-k韻尾的字可以互相注音，又
以陰聲字配入聲，可知入聲字的這些韻尾都已經消失，但是大部
分入聲的特性尚未喪失，所以才有陰聲配入聲的例子。九經直音
的入聲字可能只剩下了一個弱化的喉塞音-ʔ 韻尾，所以原來不
論是-p-t-k哪一種韻尾，都能互相注音。另外有少數字連弱化的
-ʔ 也不復存在了。

　　以下是九經直音中所見的例證：

第一部分：--p-t-k的混同。

一、脣 音

1. 馬詩經雨无正：「辟，匹」（65頁8行）

2. 詩經板：「立辟，音闢，又匹」（72頁2行）

3. 詩經蕩：「多辟，音匹」（77頁4行）

4. 詩經江漢：「辟，匹」（80頁4行）

5. 詩經召旻：「辟，匹」（81頁3行）

6. 尚書蔡仲之命：「致辟，匹入」（97頁1行）

案「辟」字見昔韵必益切，韵尾是-k；「匹」字見質韵譬吉切，收-t尾。宋代二字必已成爲-ʔ尾，故能互相注音。第2條「闢」與「辟」字同屬昔韵；第6條「入」字贅加。

7. 詩經桑扈：「辟，必」（69頁10行）

8. 詩經棫樸：「辟，必」（73頁8行）

9. 詩經假樂：「辟，必」（76頁1行）

10. 詩經蕩：「之辟，必」（77頁3行）

11. 詩經抑：「辟，必」（77頁9行）

12. 詩經烝民：「辟，必」（79頁6行）

13. 詩經韓奕：「辟，必」（79頁8行）

14. 詩經周頌烈文：「辟，必」（81頁6行）

15. 詩經周頌載見：「辟，必」（82頁5行）

16. 詩經周頌雝：「辟，必」（82頁4行）

17. 詩經商頌殷武：「辟，必」（85頁3行）

18. 尚書太甲上：「辟，必」（90頁10行、91頁1行）

19. 尚書太甲中：「辟，必」（91頁2行）

20. 尚書咸有一德：「辟，必」（91頁3行）

21. 尚書說命上：「辟，必」（92頁6行）

22. 尚書泰誓中：「辟，必」（93頁6行）

23. 尚書泰誓下：「辟，必」（93頁8行）

24. 尚書酒誥：「辟，必」（95頁10行）

25. 尚書洛誥：「辟，必」（96頁5行）

26. 尚書無逸：「辟，必」（96頁10行）

27. 尚書君奭：「辟，必」（97頁1行）

28. 尚書多方：「辟，必」（97頁4行）

29. 尚書周官：「辟，必」（97頁8行、9行）

30. 尚書冏命：「辟，必」（98頁9行）

31. 尚書文侯之命：「辟，必」（99頁3行）

32. 易經否卦：「辟，必」（101頁6行）

以上二十六例皆以「必」字注「辟」，案「辟」字見前，收
-k尾；「必」字見質韻卑吉切，收-t尾。

33. 詩經韓奕：「懱，覓」（79頁9行）

案「懱」字見屑韻莫結切，收-t尾；「覓」字見錫韻莫狄
切，收-k尾。

34. 周禮天官上：「冪，莫立反」（164頁9行）

案「冪」字見錫韻莫狄切，經典釋文音莫歷反，皆收-k尾；
而反切下字「立」收-p尾。

二、舌音、齒音

35. 詩經晨風：「櫟，立」（56頁4行）

36. 春秋昭公十一年：「櫟，立」（240頁1行）

案「櫟」字見錫韻郎擊切，收-k尾；「立」字見緝韻力入切，收-p尾。

37. 詩經周頌良耜：「笠，力」（83頁2行）

案「笠」字見緝韻力入切，收-p尾；「力」字見職韻林直切，收-k尾。

38. 詩經周頌良耜：「栗，立」（83頁3行）

案「栗」字見質韻力質切，收-t尾；「立」字見緝韻力入切，收-p尾。

39. 詩經小戎：「秩，定入」（56頁1行）

案「秩」字見質韻直一切，收-t尾；「定」字見徑韻徒徑切，其入聲收-k尾。

40. 詩經采薇：「捷，疾入」（61頁4行）

案「捷」字見葉韻疾葉切，收-p尾；「疾」字見質韻秦悉切，收-t尾，「入」字贅加。

41. 詩經斯干：「殖，十」（64頁2行）

案「殖」字見職韻常職切，收-k尾；「十」字見緝韻是執切，收-p尾。

42. 詩經小弁：「踧，徒急」（66頁4行）

案「踧」字見錫韻徒歷切，收-k尾；反切下字「急」屬緝韻，收-p尾。

43. 詩經巧言：「躍，他立」（66頁9行）

案「躍」字見藥韻去灼切，收-k尾；反切下字「立」屬緝

韵，收-p尾。

44. 詩經巷伯：「適，失」（67頁3行）

案「適」字見昔韵施集切，收-k尾「失」字見質韵式質切，收-t尾。

45. 詩經文王字：「緝，七」（73頁1行）

46. 詩經行葦：「緝，七」（75頁6行）

47. 詩經維清：「緝，七」（81頁5行）

48. 詩經載見：「緝，七」（82頁5行）

案「緝」字爲韵目，收-p尾；「七」字見質韵親吉物，收-t尾。

49. 詩經大明：「燮，屑」（73頁3行）

案「燮」字當作「爕」，見怗韵蘇協切；收-p尾；「屑」字爲韵目，收-t尾。

50. 詩經皇矣：「剔，他立」（74頁2行）

案「剔」字見錫韻他歷切，收-k尾；反切下字「立」收-p尾。

51. 詩經生民：「達，塔」（74頁10行）

案「達」字見曷韵唐割切，又他達切，收-t尾；「塔」字見盍韵吐盍切，收-p尾。

52. 詩經小毖：「螫，失」（82頁9行）

案「螫」字見昔韵施隻切，收-t尾；「失」字見前，收-k尾。

53. 詩經載芟：「藉，疾」（82頁9行）

案「藉」字見昔韵秦昔切，收-k尾；「疾」字見質韵秦悉

切，收-t尾。

54. 尚書盤庚上：「感，七」（91頁6行）

案「感」字見錫韵倉歷切，收-k尾；「七」字見前，收-t
尾。

55. 尚書盤庚上：「惕，添入」（91頁7行）

案「惕」字見錫韵他歷切，收-k尾；「添」爲韵目，其入聲
收-p尾。

56. 尚書周官：「燮，先入」（97頁8行）

案「燮」字已見前，收-p尾；「先」爲韵目，其入聲收-p尾。

57. 易經節卦：「節，接」（105頁10行）

案「節」字見屑韵子結切，收-t尾；「接」字見葉韵即葉
切，收-p尾。

58. 禮記曲禮下：「折，占入」（116頁6行）

案「折」字見薛韵常列切，收-t尾；「占」字見鹽韵職廉
切，其入聲收-p尾。

59. 春秋昭公二十七年：「剌，七」（248頁3行）

案「剌」字見昔韵七迹切，收-k尾；「七」字見前，收-t
尾。

三、牙音、喉音

60. 孟子梁惠王上：「亟，急」（24頁9行）

61. 孟子萬章上：「殛，急」（35頁10行）

62. 詩經何人斯：「亟，急」（67頁1行）

63. 詩經靈台：「亟，急」（74頁6行）

64. 詩經文王有聲：「棘，急」（74頁9行）

案「亟」、「殛」、「棘」三字同見職韻紀力切，收 -k
尾；「急」字見緝韻居立切，收-p尾。

65. 孟子公孫丑下：「戟，急」（29頁7行）

案「戟」字見陌韻几劇切，收-k尾；「急」見前，收-p尾。

66. 禮記禮器：「革，急」（133頁1行）

案「革」字麥韻古核切，收-k尾；「急」見前，收-p尾。

67. 尚書益稷：「夏，姜入」（88頁6行）

案「夏」字見黠韻古黠切，收-t尾，「姜」字見陽韻居良
切，其入聲收-k尾。

68. 尚書立政：「詰，輕入」（97頁7行）

案「詰」字見質韻去吉切，收-t尾；「輕」字見清韻去盈
切，收-k尾。

69. 禮記緇衣：「尹吉，告，下同」（158頁1行）

案「吉」字見質韻居質切，收-t尾；「告」字見沃韻古沃
切，收-k尾。

70. 孟子滕文公上：「趹，決，又古役反」（31頁6行）

案「趹」字見屑韻古穴切，收-t尾；反切下字「役」屬昔
韻，收-k尾。

71. 詩經六月：「佶，及」（62頁8行）

案「佶」字見質韻巨乙切，收-t尾；「及」字見緝韻其立
切，收-p尾。

72. 詩經小戎：「脅，歇」（55頁9行）

案「脅」字見業韻虛業切，收-p尾；「歇」字見月韻許竭

切，收-t尾。

73. 詩經白華：「鶴，合」（72頁5行）

案「鶴」字見鐸韻下各切，收-k尾；「合」字爲韻目，音侯閣切，收-p尾。

74. 詩經生民：「迄，吸」（75頁5行）

75. 詩經民勞：「汔，吸」（76頁8行）

案「迄」、「汔」二字同見迄韻許訖切，收-t尾；「吸」字見緝韻許及切，收-p尾。

76. 詩經東山：「熠，亦」（59頁7行）

案「熠」字見緝韻羊入切，收-p尾；「亦」字見昔韻羊益切，收-k尾。

77. 詩經大東：「挹，亦」（67頁10行）

案「挹」字見緝韻伊入切，收-p尾；「亦」見前。

78. 詩經假樂：「億，乙」（76頁1行）

79. 詩經載芟，「億，乙」（83頁1行）

案「億」字見職韻於力切，收-k尾；「乙」字見質韻於筆切，收-t尾。

80. 詩經泂酌：「挹，乙」（76頁5行）

案「挹」、「乙」二字皆已見前，此-p-t相混。

81. 詩經抑：「抑，一」（77頁5行）

案「抑」字見職韻於力切，收-k尾；「一」字見質韻於悉切，收-t尾。

82. 春秋隱公十一年：「億，音壹」（192頁6行）

案「億」字見職韻於力切，收-k尾；「壹」字見質韻於悉

切，收-t尾。

第二部分：陰聲承入聲

83. 論語八佾：「郁，於入」（12頁6行）

案「郁」字見屋韻於六切，收-k尾，本屬東韻之入聲。此以魚韻央居切之「於」字注音，使「郁」字成爲與陰聲字相配的入聲，則其韻尾-k必已轉化爲較弱之喉塞音 -ʔ，是以不能再跟收-ŋ的東韻字相配，而跟沒有輔音韻尾的「於」字相配。

84. 孟子滕文公上：「匿，尼入」（31頁3行）

案「匿」字見職韻女力切，收-k尾，本爲蒸韻之入聲；而用作注音的「尼」字見脂韻女夷切，爲陰聲字。

85. 孟子滕文公下：「撻，胎入」（32頁7行）

案「撻」字見曷韻他達切，收-t尾，本爲寒韻之入聲；而用作注音的「胎」字見咍韻土來切，爲陰聲字。

86. 詩經草蟲：「惙，綴入」（44頁2行）

案「惙」字見薛韻陟劣切，收-t尾，本爲仙韻之入聲；而用作注音的「綴」字見祭韻陟衛切，爲陰聲字。

87. 詩經七月：「鬱，威入」（58頁9行）

案「鬱」字見物韻紆物切，收-t尾，本爲文韻之入聲；而用作注音的「威」字見微韻於非切，爲陰聲字。

88. 詩經采薇：「役，爲入」（61頁3行）

案「役」字見昔韻營隻切，收-k尾，本爲清韻之入聲；而用作注音的「爲」字見支韻薳支切，爲陰聲字。

89. 詩經采芑：「鴥，異入」（62頁10行）

90. 詩經沔水：「鴥，異入」（63頁6行）

案「欥」字見術韵餘律切，收-t尾，本爲諄韵之入聲；而用作注音的「異」字見志韵羊吏切，爲陰聲字。

91. 尚書舜典：「扑，鋪入」（87頁2行）

案「扑」字見屋韵普木切，收-k尾，本爲東韵之入聲；而用作注音的「鋪」字見模韵普胡切，爲陰聲字。

92. 尚書湯誓：「悉，西入」（90頁4行）

案「悉」字見質韵息七切，收-t尾，本爲眞韵之入聲；而用作注音的「西」字見齊韵先稽切，爲陰聲字。

93. 尚書盤庚中：「易，奕去」（92頁2行）

案「易」字見眞韵以豉切，「奕」字見昔韵羊益切，其去聲本爲陽聲之勁韵，而今卻用來注陰聲韵的「易」字，可知宋代入聲已改而配陰聲，亦即韵尾由-k變爲-ʔ 了。

94. 易經乾卦：「拔，排入」（100頁3行）

95. 易經泰卦：「拔，排入」（101頁5行）

案「拔」字見末韵蒲撥切，收-t尾，爲桓韵之入聲；而用作注音的「排」字見皆韵步皆切，爲陰聲字。

96. 禮記中庸：「溢，移入」（156頁2行）

案「溢」字見質韵夷質切，收-t尾，本爲眞韵之入聲；而用作注音的「移」字見支韵弋支切，爲陰聲字。

97. 禮記燕義：「卒，催入」（163頁8行）

案「卒」字見沒韵倉沒切，收-t尾，本爲魂韵之入聲；而用作注音的「催」字見灰韵倉回切，爲陰聲字。

98. 春秋襄公十三年：「覆，扶入」（223頁10行）

案「覆」字見屋韵芳福切，收-k尾，本爲東韵之入聲；而用

作注音的「扶」字見虞韵防無切，爲陰聲字。

第三部分：其他的證據

99.　詩經正月：「炤，音灼，又之若反」（65頁3行）

案「炤」字見笑韵之少切，「灼」字見藥韵之若切。「灼」既用來注去聲字，其下「又之若反」又是「灼」的本讀，顯然此處的「灼」已非入聲的「之若反」，由此可知「灼」原有的-k韵尾早已弱化爲－　，然後消失而成爲去聲字了。

100.　詩經生民：「副，孚逼」（74頁10行）

案「副」字見宥韵敷救切，用作注音的反切下字「逼」屬入聲職韵。所注既非入聲，可知「逼」字的入聲性質已喪失。

101.　詩經板：「蹻，腳」（77頁1行）

案「蹻」字見小韵居夭切，「腳」字見藥韵居勺切。以入聲注非入聲，可知「腳」字的入聲性質必已喪失。

102.　禮記祭統：「舍，釋」（152頁1行）

103.　周禮占夢：「舍，釋」（177頁2行）

104.　周禮大胥：「舍，釋」（176頁2行）

105.　周禮大祝：「舍，釋」（177頁6行）

案「舍」字見禡韵始夜切，「釋」字見昔韵施隻切。以入聲注非入聲，可知「釋」的入聲性質已喪失。

106.　禮記緇衣：「不治，下殖」（158頁3行）

案「治」字見之韵直之切，「殖」字見職韵常職切。以入聲注非入聲，可知「殖」的入聲性質已喪失。

107.　尚書益稷：「創，瘡入」（88頁5行）

案「創」字見樣韵初亮切，「瘡」字見陽韵初良切。「創」

字非入聲，「瘠」下之「入」當作「去」。此蓋入聲韵尾既弱化，甚且有消失者，遂使入聲與非入聲之辨別較困難，此乃將去聲誤爲入聲。

108. 禮記鄉飲酒義：「省，生入」（162頁10行）

案「省」字見梗韵所景切，「生」字見庚韵所庚切。以「生入」當作「生上」理由與前條相同。

109. 春秋隱公元年：「敗，排入」（190頁7行）

案「敗」字見夬韵漢邁切，「排」字見皆韵步皆切。以「排入」當作「排上」理由與前條相同。

110. 春秋定公八年：「頰，兼乎去入」（252頁3行）

案「頰」字見怗韵古協切，此云「兼乎去入」，正是入聲字與非入聲字難以分別之證，與前三條之誤注爲入聲，可相互印證。由此益信宋代入聲字韵尾之弱化爲 -ʔ，並逐漸傾向於失落。

111. 論語公冶長：「足，沮去，又如字」（13頁10行）

案「足」字見燭韵即玉切，爲入聲，下既注爲「去」，可知當時已有讀成非入聲者。「又如字」表示仍有部分人讀此字爲入聲（帶 -ʔ 韵尾）。

112. 詩經野有死麕：「脫，敕外」（44頁10行）

案「脫」字見末韵他括切，爲入聲字，所注的反切下字「外」是去聲，可見「脫」已變爲去聲。

113. 詩經終風：「有噎，下意」（45頁9行）

案「噎」字見屑韵烏結切，爲入聲字。「意」字見志韵於記切。可知「噎」已變爲去聲。

114.　詩經六月：「織、只」（62頁7行）

案「織」字見職韵之翼切，「只」字見紙韵諸氏切。可知入聲的「織」已變爲上聲。

115.　詩經縣：「拔，佩」（73頁7行）

116.　詩經皇矣：「拔，佩」（74頁2行）

案「拔」字見末韵薄撥切，「佩」字見隊韵薄昧切。可知入聲的「拔」已變爲去聲。

117.　尚書序：「摭，只」（86頁2行）

案「摭」字見昔韵之石切，「只」字見紙韵諸氏切。可知入聲的「摭」已變爲上聲。

118.　尚書費誓：「穫，話」（99頁5行）

案「穫」字見鐸韵胡郭切，「話」字見夬韵下快切。可知入聲的「穫」已變爲去聲。

119.　禮記檀弓下：「奪，兌」（122頁2行）

案「奪」字見末韵徒活動，「兌」字見泰韵杜外切。可知入聲的「奪」字已變爲去聲。

120.　禮記檀弓上：「叔，庶」（119頁5行）

案「叔」字見屋韵式竹切，「庶」字見御韵商署切。可知入聲的「叔」已變爲去聲。

121.　禮記少儀：「削，笑」（143頁1行）

案「削」字見蔡韵息約切，「笑」字爲去聲韵目。可知入聲的「削」已變爲去聲。

122.　周禮牛人：「職，特（當係「持」之誤」」（170頁10行）

案「職」字入聲韻目，音之翼切，「持」字見之韵直之切。可知入聲的「職」已變爲平聲。

123.　周禮大司馬：「植，時去」（179頁2行）

案「植」字見職韵常職切，「時」字見之韵市之切。可知入聲的「植」已變爲去聲。

124.　周禮匠人：「屬，注」（188頁2行）

案「屬」字見燭韵之欲切，「注」字見遇韵之成切。可知入聲的「屬」字已變爲去聲。

125.　春秋昭公八年：「愸，所」（238頁10行）

案「愸」字見覺韵所角切，「所」字見語韵疏舉切。可知入聲的「愸」已變爲上聲。

126.　孟子離婁下：「適，謫入」（34頁4行）

案「適」字見昔韵，爲入聲字，「謫」字見麥韵，亦屬入聲，其下卻加一「入」字，可知「謫」字已失去入聲的性質。

127.　孟子告子上：「射，食」（38頁3行）

128.　孟子告子下：「射，食」（39頁1行）

129.　詩經猗嗟：「射侯，上食」（53頁7行）

案「射」字見禡韵神夜切，又昔韵羊益切；「食」字見職韵乘力切，又志韵羊吏切。二字各有一床母三等讀音、一喻母四等讀音。但相對的兩者（神夜與乘力，羊益與羊吏）卻有一個入聲，一個非入聲。通常非入聲字不會演變爲入聲，所以只可能是二字的入聲一讀皆已失去。

130.　孟子盡心下：「介，朱音戞」（41頁6行）

案「介」字見怪韵古拜切，爲去聲字；「戞」字見黠韵古黠

切。可知入聲的「戛」已變爲去聲。

131. 詩經載芟：「饁，炎上」（82頁10行）

案「饁」字見葉韻筠輒切，本爲入聲，此注爲「上」，可見其入聲性質已消失。

132. 周禮泉府：「貸，滕入」（172頁3行）

案「貸」字見代韻他代切，爲去聲，此注爲「入」，顯然當時入聲多與去聲相混，不易分辨，亦即入聲性質已逐漸消失，故此誤注爲「入」也。

133. 春秋僖公二十八年：「射，石」（205頁9行）

案「射」字見禡韻神夜切，爲去聲字，「石」字見昔韻常集切。可知入聲的「石」已變爲去聲。

134. 春秋文公二年：「厭，炎入」（207頁4行）

案「厭」字見艷韻於艷切，爲去聲字；此注爲「入」，可見去入之間不易分辨，正說明入聲性質已有變化。

135. 論語微子：「蓧，條去」（22頁7行）

案「蓧」字見錫韻徒歷切，爲入聲字，此注爲去聲，可知「蓧」已變爲去聲。

136. 孟子萬章上：「遏，安上」（36頁1行）

案「遏」字見曷韻烏葛切，爲入聲字；此注爲上聲，可知「遏」的入聲性質已改變。

137. 孟子盡心上：「淑，去」（41頁1行）

案「淑」字見屋韻殊六切，爲入聲字；此注爲去聲，可見其入聲性質已消失。

叁、濁上歸去

中古聲母中，全濁聲母往往使聲調發生變化，「濁上歸去」就是顯明的例子。這類聲母有「並、奉」（唇音）、「定、澄」（舌音）、「群」（牙音）、「床、禪、從、邪」（齒音）、「匣」（喉音）。

以下是九經直音中「濁上歸去」的例子，位聲母次序列出：

一、唇 音

1. 孟子滕文公上：「倍，背」（31頁6行）

案「倍」字見海韻薄亥切，屬並母；「背」字見隊韻補妹切。以去聲字注「倍」，可證「倍」已變成去聲。

2. 孟子萬章上：「庳，皮去」（35頁10行）

案「庳」字見紙韻便俾切，屬並母；「皮」字見支韻符羈切，此注明讀成去聲。

3. 詩經天保：「阜，浮去」（61頁2行）

4. 詩經出車：「阜，浮去」（62頁7行）

5. 詩者費誓：「阜，浮去」（99頁4行）

案「阜」字見有韻房久切，屬奉母；「浮」字見尤韻縛謀切，此註明讀成去聲。

6. 詩經瞻卬：「倍，佩」（80頁9行）

案「倍」字見前；「佩」字見隊韻蒲昧切。爲去聲。

7. 易經坤卦：「辨，卞」（100頁6行）

案「辨」字見獮韻符蹇切，屬並母；「卞」字見送韻皮變

切，爲去聲。

8. 春秋僖公二十二年：「奉，鳳」（203頁9行）

9. 春秋僖公三十三年：「奉，鳳」（206頁7行）

案「奉」字見腫韻扶隴切，屬奉母；「鳳」字見送韻馮貢切，爲去聲。

10. 周禮縫人：「縫，奉」（169頁4行）

11. 禮記檀弓上：「賵，奉」（119頁8行）

案「縫」字見用韻扶用切，「賵」字見送韻撫鳳切，皆去聲字，卻用上聲的「奉」字來注音，可見「奉」字非上聲，而變成爲去聲了。

12. 禮記禮運：「變，辯」（132頁4行）

案「變」字見線韻彼眷切，「辯」字見獮韻符蹇切，是並母字。此用上聲的「辯」來注去聲字，可證「辯」字已成爲去聲。

13. 禮記玉藻：「辯，遍」（139頁2行）

14. 禮記樂記：「辨，遍」（144頁10行）

15. 禮記雜記上：「辯，遍」（147頁4行）

案「辯」、「辨」二字同見獮韻符蹇切，屬並母；「遍」字見線韻方見切。

二、舌 音

16. 論語陽貨：「稻，桃去」（22頁1行）

案「稻」字見皓韻徒皓切，屬定母；「桃」字見豪韻徒刀切，此注明成去聲。

17. 孟子公孫丑上：「迨，逮」（28頁8行）

案「迨」字見海韻徒亥切，屬定母；「逮」字見代韻徒耐切，爲去聲。

18. 孟子公孫丑上：「袒，但上」（29頁2行）

19. 孟子萬章下：「袒，但上」（36頁9行）

案「袒」字見旱韻徒旱切，「但」字同音，然「但」字下加注「上」，則「但」字必然已變爲去聲矣。

20. 詩經綿蠻：「憚，但」（72頁6行）

案「憚」字見翰韻徒案切，「但」字見旱韻徒旱切，屬定母，以之注去聲字，可證「但」字已變爲去聲。

21. 春秋文公十四年：「貸，待」（209頁7行）

案「貸」字見代韻他代切，「待」字見海韻徒亥切，屬定母，以之注去聲字，可證「待」字已成爲去聲。

22. 論語子張：「紂，疇去」（23頁2行）

案「紂」字見有韻除柳切，屬澄母；「疇」字見尤韻直由切，此注明讀成去聲。

23. 孟子梁惠王下：「雉，值」（26頁6行）

24. 詩經兔爰：「雉，值」（50頁4行）

案「雉」字見旨韻直几切，屬澄母；「直」字見志韻直吏切，爲去聲。

25. 春秋序：「傳，篆」（189頁9行）

案「傳」字見線韻直戀切，「篆」字見獮韻持兗切，屬澄母，以之注去聲字，可證「篆」字本身已成爲去聲。

三、牙 音

26. 詩經猗嗟：「技，其去」（53頁7行）

案「技」字見紙韵渠綺切，屬羣母；「其」字見之韵渠之切，此注明讀成去聲。

27. 詩經崧高：「往近，上音僅」（79頁4行）

案「近」字見隱韵其謹切，屬羣母；「僅」字見震韵渠遴切。可能「近」字已變爲去聲，但也可能「僅」字受了上聲「謹、堇、槿」等字的類化，變成上聲，正如今天國語的情形一樣。

四、齒 音

28. 語論先進：「俟，師去」（17頁10行）

案「俟」字見止韵牀史切，屬牀母；「師」字見脂韵疏夷切，此注明讀成去聲。

29. 孟子盡心下：「嗜，視」（42頁1行）

案「嗜」字見至韵常切切，「視」字見旨韵承矢切，屬禪母。「視」字必已變去聲，才可用來注「嗜」字。

30. 詩經谷風：「售，受」（46頁7行）

案「售」字見宥韵承咒切，「受」字見有韵殖酉切，屬禪母，以之注去聲字，可知「受」字已變去聲。

31. 周禮大司馬：「撰，船去」（178頁9行）

案「撰」字見獮韵士免切；屬牀母；「船」字見仙韵食川切，此注明讀成去聲。

32. 詩經桑柔：「盍，力盡」（78頁3行）

案「盍」字見震韵徐刃切，反切下字「盡」見軫韵，以上聲

注去聲字，可證「盡」也成爲去聲了。反切上字「力」可能係刻印之誤。

33. 春秋襄公二十九年：「思，似」（231頁4行）

案「思」字見志韵相吏切，「似」字見止韵祥里切，爲邪母，以之注去聲字，可證「似」字已變爲去聲。

34. 論語爲政：「食，似」（12頁2行）

案「以」字注「食」字，九經直音共出現六十一次之多，下面爲節省篇幅，僅列其篇名與頁數：

35. 論語鄉黨（16頁8行、10行）、雍也（14頁4行）、述而（15頁1行）、微子（22頁8行）

36. 孟子滕文公（31頁2行、32頁4行、5行、6行）、離婁（35頁3行）、萬章（36頁7行、8行、37頁1行）、告子（38頁4行）、盡心（40頁10行、41頁5行）

37. 詩經甫田（69頁4行）、角弓（71頁6行）、、綿蠻（72頁5行）

38. 禮記檀弓（120頁7行、10行、121頁3行）、王制（123頁6行、124頁5行、125頁1行、3行）、郊特牲（134頁5行）、內則（137頁8行、9行、138頁3行、5行）、玉藻（138頁9行）、大傳（142頁4行）、、樂記（144頁7行、9行、146頁7行）、雜記（147頁9行）、喪大記（148頁9行、10行）、祭義（150頁7行、151頁3行）、仲尼燕居（153頁2行）、坊記（154頁1行）、表記（157頁6行）、間傳（159頁5行）、射義（163頁7行）、聘義（163頁10行）

39. 周禮膳夫（166頁2行）、外饔（166頁8行）、食醫（167頁2行、3行）、獸醫（167頁5行）、籩人（167頁7行）、醢人（167頁9行）、

牛人（170頁10行）、廩人（173頁6行）、春人（173頁7行）、肆師（174頁5行）、大行人（183頁6行）、司議（183頁9行）

40. 春秋莊公十四年（196頁10行）、文公元（207頁1行）、文公十八年（210頁8行）、宣公元年（211頁2行、5行）、宣公四年（211頁9行）、成公十四年（218頁8行）、成公十六年（220頁1行）、襄公四年（211頁5行）、襄公十九年（226頁2行）、襄公二十四年（228頁2行）、襄公二十五年（228頁8行）、襄公二十八年（230頁9行）、襄公三十年（231頁9行）、昭公十三年（240頁9行）、昭公二十年（244頁5行、6行）、昭公二十八年（248頁6行、249頁1行）、昭公二十九年（249頁2行、4行）

案以上的「食」字皆用作動詞，同「飼」字，屬志韵祥吏切；「似」字見止韵里切，屬邪母，以之注去聲字，可知「似」已變讀爲去聲。

五、喉 音

41. 詩經采菽：「檻，咸去」（71頁2行）
42. 詩經大車：「檻，咸去」（50頁6行）
案「檻」字見上聲韵目，音胡黤切，屬匣母；「咸」字爲平聲韵目，音胡讒切，此注明讀成去聲。

43. 詩經月出：「皓，去」（57頁4行）
案「皓」字爲上聲韵目，音胡老切，屬匣母；此注明讀成去聲。

44. 詩經南有嘉魚：「瓠，戶」（62頁1行）
案「瓠」字見暮韵胡誤切，「戶」字見姥韵侯古切，屬匣

母，以之注去聲字，可知「戶」已讀成去聲。

45. 詩經大車：「睆，戶縣」（67頁9行）

案「睆」字見滑韵戶板切，屬匣母；反切下字「縣」是去聲霰韵字。

46. 春秋成公十七年：「洧，爲去」（220頁2行）

案「洧」字見旨韵榮美切，屬喻母；「爲」字見支韵薳支切。喻母上聲字國語無變去聲者，通常喻母屬次濁音而非全濁。此條可視爲特殊之例。

總計以上由上聲轉爲去聲的全濁字共有：「倍、庳、阜、辨、奉、辯、稻、迨、袒、但、待、約、雉、篆、技、近、俟、視、受、撰、盡、似、檻、皓、戶、睆、洧」共二十七字。但其中有三個字在其他地方仍舊注爲上聲，原因可能是某些方言仍未產生「濁上歸去」的變化，正好被注章者採入。途三個字是：

1. 論語先進：「撰，傳上」（17頁10行）

   易經繫辭下：「撰，般（當係「船」之誤）上」（108頁2行）

2. 孟子公孫丑上：「袒，但上」（29頁2行）

   孟子萬章下：「袒，但上」（36頁9行）

3. 尚書康誥：「盡，上」（95頁6行）

除此之外還有一些全濁上聲字未曾變讀去聲的，這些字是：

1. 孟子滕文公上：「強，上」（31頁6行）

2. 周禮司隷：「強，上」（171頁5行）

案「強」字見養韵其兩切，屬群母，此注明仍讀上聲。

3. 孟子滕文公下：「距，上」（33頁2行）

案「距」字見語韵其呂切，屬群母。

4. 孟子離婁上：「揆，上」(33頁6行)

案「揆」字見旨韵求癸切，屬群母。

5. 易經乾卦：「咎，求上」（100頁1行）

案「咎」字見有韵其九切，屬群母。

6. 孟子梁惠王下：「祐，上」（26頁7行）

案「祐」字見姥韵侯古切，屬匣母。

7. 春秋莊公六年：「跪，葵上」（195頁6行）

案「跪」字見紙韵渠委切，屬群母。

8. 春秋文公十六年：「臼，求上」（210頁1行）

案「臼」字見有韵其九切，屬群母。

9. 易經艮卦：「限，閑上」（105頁4行）

案「限」字見產韵胡簡切，屬匣母。

10. 易經繫辭上：「衍，延善」（106頁10行）

案「善」字見獮韵常演切，屬禪母，以之注「衍」（上聲
獮）字，可知「善」仍爲上聲。

11. 易經繫辭下：「重，上」（107頁7行）

12 孟子萬章上：「重，上」（36頁6行）

案「重」字見腫韵眞隴切，屬澄母。

13. 詩經崧高：「峙，時上」（79頁4行）

案「峙」字見止韵直里切，屬澄母。

14. 周禮函人：「朕，陳上」（186頁5行）

案「朕」字見寢韵直稔切，屬澄母。

15. 尚書堯典：「僝，在簡」（86頁8行）

案「僝」字見產韵士限切，屬床母；反切下字「簡」是上聲。

16.　周禮大司徒：「阜，曹上」（169頁7行）

案「阜」字見皓韵昨早切，屬從母。

17.　詩經蕩：「蕩，上」（77頁3行）

18.　易經繫辭上：「盪，唐上」（106頁5行）

19.　論語述而：「盪，上」（15頁4行）

20.　禮記樂記：「盪，上」（145頁1行）

21.　孟子題辭：「盪，上」（24頁1行）

案「蕩」、「盪」二字同見蕩韵徒朗切，屬定母。

22.　詩經采蘋：「釜，上」（44頁3行）

案「釜」字見麌韵扶雨切，屬奉母。

23.　易經坤卦：「牝，平上」（100頁5行）

案「牝」字見軫韵毗忍切，屬並母。

24.　易經中孚：「罷，排上」（106頁1行）

案「罷」字見蟹韵薄呂蟹，屬並母。

25.　論語鄉黨：「飯，上」（17頁1行）

案「飯」字見阮韵扶晚切，屬奉母。

26.　孟子萬章下：「簿，蒲上」（37頁2行）

案「簿」字見姥韵裴古切，屬並母。

27.　孝經喪親章：「兆，上」（10頁10行）

案「兆」字見小韵治小切，屬澄母。

28.　孝經天子章：「兆，趙」（9頁10行）

案「趙」字見小韵治小切，屬澄母。以之注上聲「兆」（見

前）字，可知「趙」字仍讀上聲。

29. 孝經事君章：「盡，津上」（10頁9行）

案「盡」字見軫韻慈忍切，屬從母。依前所論，亦有讀去聲者，蓋方言不同之故。

30. 論語微子：「荷上，又平」（22頁7行）

案「荷」字見哿韻胡可切，屬匣母。

總計以上全濁上聲字仍讀上聲者，共有「強、距、揆、咎、祐、跪、臼、限、善、重、峙、朕、偍、早、蕩、盪、釜、牝、罷、飯、簿、兆、趙、盡、荷」二十五字。

肆、聲調的異讀

古人讀書，常爲了區別字義或詞性，把同一個字的聲調硬性的加以變化，使得意義、詞性有不同用法的一個字，也具有不同的讀法。而這些讀法並非自然產生的，也沒有一致的標準。

九經直音中常有不合廣韻聲調的注音，可能就是這類變讀的結果，茲列舉如下：

1. 論語公冶長：「朽，休去」（13頁7行）

案「朽」字見有韻許久切，爲上聲字，此注爲去聲。

2. 論語先進：「喟，虧」（18頁1行）

案「喟」字見至韻丘愧切，爲去聲字。此用平聲支韻的「虧」字注音。

3. 論語微子「施，弛」（22頁9行）

4. 周禮小司徒：「施，弛」（170頁2行）

案「施」字見支韵式支切，又寘韵式鼓切；「弛」字見紙韵施是切。「施」此讀成上聲。

5.　論語堯曰：「赦，奢上」（23頁5行）

案「赦」字見禡韵如夜切，爲去聲字，此讀爲上聲。

6.　孟子梁惠王下：「徵，止上」（26頁10行）

案「徵」字見止韵陟里切，爲上聲字，此變讀去聲。

7.　孤子公孫丑下：「復，浮上」（27頁9行）

案「復一」字見有韵扶富切，爲去聲字，此變讀上聲。

8.　孝經聖治章：「養，去」（10頁4行）

9.　孟子梁惠王上：「養，去」（25頁4行）

10.　孟子萬章上：「養，去」（36頁2行）

11.　孟子萬章下：「養，去」（37頁3行）

12.　孟子離婁上：「養，去」（34頁4行）

13.　孟子離婁下：「養，去」（34頁9行，35頁4行）

案「養」字爲上聲韵目字，以上六處皆注爲去聲。

14.　論語八佾：「去，上」（12頁7行）

15.　論語鄉黨：「去，上」（16頁8行）

16.　論語顏淵：「去，上」（18頁2行）

17.　論語子路「去，上」（18頁8行）

18.　孟子梁惠王下：「去，上」（27頁3行）

19.　孟子萬章下「去，上」（36頁10行）

20.　禮記檀弓下：「去，上」（120頁7行，121頁2行）

案「去」字本身即用爲調名，而以上七例皆注爲上聲。

21.　孟子離婁下：「施施，詩、又始」（35頁6行）

案「施」字已見第3、4條，爲平聲字；此又可變讀爲上聲止韵之「始」音。

22.　論語雍也：「施，七去」（14頁7行）

案「施」字前條既變讀上聲，此又變讀去聲。

23.　論語雍也「厭，上，又去」（14頁7行）

24.　孟子離婁下：「魘，炎上」（35頁5行）

案「厭」、「魘」二字同見艷韵於艷切，爲去聲字。此兩處皆變讀爲上聲。

25.　詩經羔羊：「總，平」（44頁6行）

案「總」字見董韵作孔切，爲上聲字，此注爲平聲。

26.　詩經墓門：「顧，果五」（57頁2行）

案「顧」字見暮韵古姥切，爲去聲字，此處注音用上聲姥韵的反切。

27.　詩經无無將大車：「雝，於勇」（68頁4行）

案「雝」字見鍾韵於容切，爲平聲字，此處用上聲腫韵的反切注音。

28.　詩經小明：「恆，衡上」（68頁6行）

案「恆」字見登韵胡登切，爲平聲字；此注爲上聲。

29.　詩經隰桑：「幽，上」（72頁3行）

案「幽」字爲平聲的目字，此注爲上聲。

30.　詩經皇矣：「菑，之去」（74頁1行）

案「菑」字見之韵側持切，爲平聲字，此注爲去聲。

31.　周禮土均：「政，征」（172頁10行）

32.　周禮小司徒：「政，征」（170頁3行）

33. 周禮均人：「政，征」（171頁3行）

34. 周禮閭胥：「政，杜音征」（170頁6行）

案「政」字見勁韵之盛切，爲去聲字（不像「正」字有平聲一讀）；「征」字見清韵諸盈切，屬平聲。

35. 周禮封人：「壝，位」（170頁7行）

案「壝」字見脂韵以追切，爲平聲字；「位」字見至韵于愧切，屬去聲。

36. 孟子萬章下：「委，去」（37頁3行）

37. 周禮委人：「委，去」（172頁10行）

案「委」字見紙韵於詭切，爲上聲字；此注爲去聲。

38. 春秋僖公二十八年：「凶，上」（205頁1行）

案「凶」字見鍾韵許容切，爲平聲字；而此注上聲。

39. 春秋僖公二十八年：「軔，寅去」（205頁6行）

案「軔」字見軫韵余忍切，爲上聲字，此注爲去聲。

40. 禮記檀弓上：「披，脾去」（118頁6行）

案「披」字見支韵偏羈切，又紙韵匹靡切；此讀成去聲。

41. 禮記檀弓下：「斯，賜」（121頁1行）

案「斯」字見支韵息移切，爲平聲字；「賜」字見寘韵斯義切。「斯」字改讀成去聲。

42. 禮記檀弓下：「蔞，柳」（121頁3行）

案「蔞」字見侯韵落侯切，爲平聲；「柳」字見有韵力久切，「蔞」字改讀成了上聲。

43. 禮記檀弓下：「含，憾」（12頁6行）

案「含」字見覃韵胡男切，爲平聲字；「憾」字見勘韵胡紺

切，「含」字變成了去聲。

44. 禮記文王世子：「含，去」（130頁10行）

案此「含」字同前條，亦變讀爲去聲。

45. 禮記文王世子：「承，贈」（130頁10行）

案「承」字見蒸韻署陵切，爲平聲字；「贈」字見嶝韻昨亙切，「承」字讀成了去聲。

46. 禮記內則：「綦，忌」（136頁2行）

案「綦」字見之韻渠之切，爲平聲字；「忌」字見志韻渠記切。「綦」字讀成了去聲。

47. 周禮男巫：「衍，延」（177頁9行）

案「衍」字見獮韻以淺切，爲上聲字；「延」字見仙韻以然切。「衍」字變成了平聲。

48. 孝經諫爭章：「離，去」（10頁8行）

案「離」字見支韻呂支切，屬平聲，此注爲去聲。

49. 論語序：「尚，平」（11頁5行）

案「尚」字見漾韻時亮切，屬去聲，此注爲平聲。

50. 論語憲問：「飯，上」（19頁4行）

51. 論語述而：「飯，上」（15頁1行）

52. 論語鄉黨：「飯，上」（17頁1行）

案「飯」字見願韻符萬切，屬去聲，此注爲上聲。

53. 論語鄉黨：「首，去」（17頁1行）

案「首」字見有韻書九切，屬上聲，此注爲去聲。

54. 論語先進：「參，上」（17頁7行）

案「參」字見覃韻倉含切，屬平聲，此注爲上聲。

55.　孟子題辭：「焉，煙，又上」（24頁4行）

案「焉」字見仙韵於乾切，屬平聲，此注爲上聲。

56.　禮記大學：「胖，蟠」（161頁7行）

案「胖」字見換韵普半切，屬去聲；「蟠」字見桓韵薄官切，爲平聲。

諸如此類，把字音另外訂出一個讀法，在古書中很常見到，也有彙集此類異讀成爲專書者，例如劉士明的經史動靜字音、賈昌朝群經音辦。但是，這類音讀不會存在於通俗語言中，它只是一種人爲的音讀而已。

伍、結　論

過去的學者不十分重視宋代語音的研究，所以有很多珍貴的宋代語音史料都被束諸高閣了。然而，我們要了解中古的切韻系演化到今日國語的過程，就必需從這些宋代材料找線索。

近世學者對宋代語音的研究首先肯定其價值的有兩位：一是周祖謨的宋代汴洛語音考，一是先師許時英先生有開朱熹詩集傳叶韵的研究，他們的研究，爲後學者啟示了一條坦途。

九經直音所顯示的語音現象有很多地方是可以跟周、許兩位先生的研究相互印證，如果再加上宋代等韻圖以及其他宋代的語音史料，那麼，宋代語言系統的輪廓必更爲明顯，然後，我們就能夠以此爲樞紐，上承六朝隋唐的中古音系，下啟元代的中原音韻，以及大批的明清等韻材料，如此，要建立一部完整一貫的漢語語音發展史，也就能夠實現了。

原刊《淡江學報》第17期，1-19，臺北。

九經直音的時代與價值

壹、撰作時代

九經直音一書沒有署明作者，商務影印的九經直音僅題「撰人不詳」，不過，由多方面觀察，其產生時代仍能大略推測出來。

首先，明初楊士奇在永樂年間遷南京所藏圖書於燕京，並編成文淵閣書目，其中已著錄此書，所以九經直音應產生於明以前。

其次，宋史藝文志經解類有「許奕九經直音九卷，又正訛一卷」，考魏了翁鶴山集許公神道碑詳列奕所著書，其中並無直音一書。因此，「許奕」可能是「孫奕」之誤。孫奕曾作示兒編，其中所收之音讀、所用辭句與九經直音正相符合（詳後）。

其次，再從本書內容觀察，第一八九頁末行（商務影印本）春秋序「素王」二字下有小注云：

> 陸音旺，真宗御製夫子贊曰：「立言不朽，垂數無強（疆），昭然令德，偉哉素王。」則當為平。又合素王、素臣而言，音平聲是。

此處只標「真宗」，而不稱宋，又稱「御製」，很可能就是

宋人的作品了。

其次，本書所引用之前人音注，有宋以前的學者，但最遲到宋儒爲止。例如宋以前之學者有鄭玄、王肅、劉炫、徐邈、呂靜、蘇林、李軌、陸德明：

1. 禮記曲禮上：「若夫，扶，鄭作丈夫之夫非，下同。」

2. 詩經都人士補遺：「君吉，如字，又鄭氏曰：吉讀爲姞。」

3. 禮記學記補遺：「術，鄭音遂」

4. 禮記曲禮上：「敖、傲，王音平」

5. 詩經韓奕補遺：「燕，鄭上，王肅、孫毓並平」

6. 周禮遺人：「（遺），位，劉音遂」

7. 詩經無將大車補遺：「底，都禮切，又劉氏曰：當作瘏，眉貧反」

8. 春秋襄公三十年：「出，周禮注作詘，劉音出」

9. 易經剝卦：「辨，徐音辦」

10. 禮記內則：「食，徐如字」

11. 禮記喪服四制：「諒闇，徐並如字」

12. 孟子梁惠王下：「朝，按詩陸、呂音潮，蘇、孔音韶」

13. 周禮車人：「疵，李音斯」

14. 禮記檀弓下補遺：「曠飲，李音飲調飲，飲寡人，飲字不同」

15. 詩經采菽：「柞，陸音昨」

16. 易經剝卦：「祇，陸音支」

17. 禮記曲禮上：「副，陸音平入」

18.禮記曲禮上：「辯，陸音遍」

19.禮記孔子閒居：「齊，陸音齋」

20.禮記中庸：「費，陸音弗」

　　至於書中所引的宋儒有蘇軾、程顥、程頤、胡瑗，司馬光、朱熹、方愨。

1.尚書大誥：「王害，東坡讀爲曷」

2.易經乾卦：「時舍，伊川音去」

3.易經大有卦：「用亨，程音作亨通之亨」

4.易經漸卦：「陸，程引胡音逵」

5.易經剝卦：「辨，胡安定音卞」

6.春秋僖公五年補遺：「之旄，司馬公曰：當與詩庭燎旂字
　　叶韵，音芹」

7.孟子萬章上：「以王，朱音旺」

8.孝經序：「景行，朱氏曰：景行，大道也，則行作平聲」

9.論語陽貨：「欲見，朱音現」

10.孟子公孫丑下：「晝，朱如字」

11.禮記中庸：「素隱，朱音索」

12.禮記中庸：「示，朱音視」

13.禮記大學：「碩，朱叶韵時若反」

14.禮記大學：「迸，朱讀爲屏」

15.禮記曲禮上「辯，方云：食殽以循其序，當如字」

16.禮記曲禮上：「副，方如字」

17.禮記曲禮上：「累，方解爲積累之累」

18.禮記月令孟春：「徑，注作遂，方曰：徑，道之小；

術，道之大。則如字是」

19.禮記郊特牲：「獻，方如字」

20.禮記內則：「軒，注意憲，方曰：軒宜如字」

卷末補遺引及南宋末年陳普之（石堂先生）、明宣德進士孫毓之音注，可能「補遺」是後人附增的。除此之外，所引皆不晚於南宋初年。

其次，由書中避諱情形也可推測其時代。本書多避宋真宗趙恆諱，凡遇「恆」字大部份缺末筆。例如下列各篇皆是：

1.論語子路篇2.憲問篇3.孟子梁惠王上4.離婁上下5.詩經小明6.周禮賈師7.周禮大僕

只有少數「恆」子未缺筆，當係後世翻刻而改者。例如下列各篇：

1.孟子告子下2.詩經生民3.尚書禹貢4.尚書微子5.禮記檀弓

除真宗以外諸宋帝則不避諱。例如：

1.仁宗名禎，而詩經周頌維清有「禎」字，注音貞。

2.欽宗名桓，而詩經周頌有「桓」字，注音完。

　孟子題辭有「桓」字，亦音完。

　春秋成公十七年有「洹」字，注音「桓」。

　春秋魯國十二公中，缺桓公，此當係漏刻，與避諱無關。

3.高宗名構，而尚書大誥有「構」字，音「勾去」。

4.光宗名惇，而尚書舜典有「惇」字，音敦。

　尚書洛誥有「惇」字，亦音敦。

以上諸帝之名皆未缺筆，然此現象僅就今本所見而言，至於陸心源所藏之宋本，則避諱至南宋寧宗時。陸氏九經直音敘云：

余有宋刊白文九經，上端附列直音，與此皆同。避諱則至
寧宗「廓」字止（案寧宗名擴）

可知今本不缺筆者，乃由於輾轉翻刻而形成，偶而留下一些
缺筆的「恆」字而已。

再其次，書中所表現之語音現象，也足證為宋代產物。如濁
音清化、三四等韻相混、入聲性質的改變等，皆可與宋代其他的
音韻材料相印證，例如四聲等子、切韻指掌圖、集韻以後的韻
書、宋代韻文、邵雍聲音倡和圖、朱熹詩集傳的叶韻，這些材料
裡都可以找出九經直音的語音特徵。

由上面六項論證，說明了九經直音的產生時代在宋代，它所
代表的語音也是宋音無疑。至於本書的作者，除了前述宋史藝文
志之許奕，可能是孫奕之誤外，孫奕作本書的可能性還有下述幾
點。

1.陸氏所藏「白文九經附直音」避諱全南宋寧宗，孫奕即寧
宗時人，本書亦刊行於寧宗時。

2.康熙時海寧人查慎行收藏有「宋刊九經」，後附直音，
題「孫奕季昭撰」。

3.最有力的證據，還是孫奕所著示兒編中所列經音與九經直
音一一對勘，可發現二書不獨論議皆同，辭句亦如出一手，茲以
陸心源所舉證二書相同處列於下：

(1)孝經「景行」，謂「本于車羣，當作平讀」。

(2)論語「從心」，謂「作縱者非」。

(3)論語「君子不弛其親」，引開元五經文字，謂「當音始，
舊昌移切者非」。

(4)孟子「見梁惠王」，謂「當與暴見於王，同音現」。

(5)詩衛風擊鼓「死生契闊，與子成說」，謂「契作契合之契，說如字」。

(6)小雅常棣「外禦其侮」，謂「務（案當作侮）如字」。

(7)小雅天保序「君能下下」，謂「陸並音戶稼反者非，上下字依舊音，下下字亥雅反」。

(8)書禹貢「二百里蔡」，謂「當讀左傳蔡，蔡叔之蔡」。

(9)書大甲「爲上爲德，爲下爲民」，謂「東坡解爲上字平聲，爲德字去聲，下句同，皆有義」。

(10)書顧命「執銳」，謂「許氏說文：一人冕執銳，蓋有所據」。

(11)禮記檀弓「則豈不得以當巧者乎」，謂「依方氏下毋字舊音無者非」。

(12)禮記間傳「三曲而偯」，謂「當依說文作悠，廣韵、玉篇、集韵皆音於豈反」。

(13)左傳哀公二十四年「德之共也」，引司馬溫公訓儉文，漢翟酺疏。

從這些證據而論，孫奕撰九經直音的可能性很大。

貳、版　本

九經直音在宋代之見於著錄者，唯宋史藝文志。晁公武邵齋讀書志、陳振孫直齋書錄解題皆未見。其次見於著錄者，爲明初之文淵閣書目。

　　明代不重視經學，此書幾乎失傳，到了清代，已很少見到了，目前還能考知的，有下列數本：

　　其一，清心陸心源皕宋樓所藏之「白文九經附直音」，爲宋代刊本。（見陸氏九經直音敘）

　　其二，清查慎行所藏，題孫奕撰之「宋刊九經附直音」，既標爲宋刊，又有作者之名，或係本書最早之刊本。

　　其三，四庫全書所收錄者，題「至元丁亥梅隱書堂刊本」，時當元世祖至元廿四年，西元一二八七年，爲江蘇巡撫採進者。書名題「明本排字九經直音」，與現通行之商務影印本同。所謂「明本」並非明代之刊本，蓋宋元時刊版，多舉其地之首一字，如「建本」、「杭本」「蜀本」之類，此乃「明州」所刊之本，明州即寧波府也。

　　其四，台灣商務印書館叢書集成簡編四〇二、四〇三號之「明本排字九經直音」係根據十萬卷樓叢書本影印。卷首有光緒六年（西元一八八〇年）陸心源敘。書分前集、後集兩部份，末附「直音補遺」。各集之末注有「光緒七年，歲在重光大荒落，吳興陸氏十萬卷樓開雕」，則書之刊行在作序（敘）之次年，即西元一八八一年。

　　商務本刊印版式爲一頁十行，每行容納二十二字，注音字較小，列於本字之下。字體橫細直粗，經書各篇章名稱及所注之聲調名稱，皆爲黑底白字。兩集共二六五頁。

　　商務本據陸氏刊本影印，陸氏刊本又據其所藏元代麻沙書坊所刊之版本。陸氏在敘中明謂其刊印之目的：

　　　　此書……三百年無刊本，入國朝而流傳益罕，藏書家多從

閣本傳鈔，愈久愈譌。欲免伏獵泊陶之誚，不亦難乎。爰付手民，與學者共之。

陸氏此本與四庫本皆為元刊本，然二書互校，仍有出入，蓋此書流傳既久，迭經修訂增改故也。茲依陸氏敘中所校勘，列舉於下：

1.書武成「識」字下云：「陸無音，漢翟酺疏引此作恭」，陸氏藏本無「漢翟酺云云……」八字。

2.禮月令「審端經術」下云：「術注作遂」，陸氏藏本說「術」字。

3.祭法「幽宗」下云：「下注讀為禜，方愨宗作如字」，陸氏藏本無「方愨云云……」六字。

4.周禮太宰「圃」字下云：「布古反，又布。」，陸氏藏本則曰：「補曰布」。

「牧」字下云：「徐音目，劉音茂」，陸氏藏本惟注「目」字。

「頒」字下云：「鄭音班，徐音墳」，陸氏藏本無「鄭、徐」二字。

5.周禮醢人「菹」字下云：「音郊，又音柳」，陸氏藏本則曰：「郊又柳」。

「箈」字下云：「音治，又音殆」，陸氏藏本則曰：「治又箈。」

由此可知，兩個版本之間並無基本的差異，只是繁簡略有出入而已。

叁、體 例

　　直音之法，西漢即已盛行，時代遠早於反切，同時這種方式亦較反切簡單易認，故即使反切興起之後，直音之法仍普遍流傳，盛行不衰。

　　本書所採用之直音方式十分變通靈活，避免了無同音字或注音字過於冷僻的缺點。觀其體例，可分七類：

一、直注其音者

　　此爲本書注音之正例，佔全書之絕大多數。例如孝經序中「殆，待」、「軌，鬼」、「炫，縣」等。這類注音是作者依據當時語音而注的，可藉以考察當時的語音狀況，是最有研究價值的部份。以下各條則其變例。

二、變化某字聲調以爲注音者

　　此法蓋一時無同音字可用，乃選擇一同聲母、同韵母而不同調的字注音。其下注明改爲某調，如此亦能達到注音之目的，實爲濟直音之窮而產生的變通之法，乃直音之變例。

　　例如論語學而篇：「鮮，仙上」、「省，星上」、「汎，凡去」、「憚、檀去」等。

三、但注明聲調者

　　亦有不作直音，而僅註明其聲調者，此類本字皆屬易識字，本無需再加注，然而有些字往往有幾個不同聲調的讀法，爲

了告知讀者此處應讀何調，故僅注明聲調即可。

例如論語學而篇：「悌，去」，「爲，去」、「傳，平」、「乘，去」。

四、僅注「如字」者

用「如字」者，即如其通行之讀法，無需破讀他音之意。其實，「如字」並未把音表示出來，古人注音之有「如字」，表示注音之目不完全是示人以不知之音，而是在一字的幾個讀法中，注明在此處應讀哪個音。換句話說，古人很注意以音的區別來辨別意義，一字有不同的用法，就有不同的讀音。這種隨字義的轉移而破讀的音，很可能只應用在讀古書的時候，一般口語裡，一字多半只有一個較通行的讀法。所以，「如字」就是如這個通行的讀法。今人注音的對象往往是冷僻不識之字，而且也不像古人讀書那樣講求破音，一字一音原本是語言進化的方式之一，所以今人注音再也用不著「如字」這個術語了。

九經直音論語八佾篇用如字的例子有「爭，如字」、「爲力，如字，又去」、「得見，下如字」。

五、引前人注意者

書中所引用之音注，有來自漢儒、說文、經典釋文者，亦有引用當代大儒之音注。前者多保存較古之讀音，後者可做爲宋代語音史料看待。前者如尚書金滕「辟」字下：「孔音闢，法也；說文音必；馬、鄭音避。」顧命「銳」字下：「

陸以稅切」。後者如大誥「害」字下：「東坡讀爲曷」易經
乾卦「舍」字下：「伊川音去」。

六、偶用反切者

此類情況出現的次數不多，所用反切有作「○○切」者，有
作「○○反」者、有「反」、「切」二字皆省略者。其來源
有採自舊切者，亦有作者自制者。後者頗有助於了解當時之
音讀。

例如論語學而篇：「慍，紆問」（與釋文同）、「諂，丑
琰」（釋文勑檢反）、「嗟，七多」（與釋文同）、「磨，
眉波」（釋文末多反）。

又如春秋序：「盡，津忍反」（釋文同）、「參、七南
反」（釋文同）。

又如周禮大官：「冪，臭立反」（釋文莫歷反）、「詰、起
乙反」（釋文起一反）。

七、論辨其讀音或字形之是非者

例如孝經序「景行」下云：

> 舊音去聲，景行字祖出毛詩。朱氏曰：景行，大道也。則
> 行作平聲。此序以景訓明、行訓踐，言明踐聖訓，亦當作
> 平聲。」

又如孟子公孫丑下「晝」字下云：

> 朱如字，或曰當作畫，見史記田單傳。

又如禮記曲禮上「毋」字下云：

音无，其字從女，內有一畫，與父母字不同。

「若夫」二字之下云：

扶，鄭作丈夫之夫非，下同。

又如春秋莊公十八年「螽」字下云：

螽，又作蟊，音或，廣韵並音域。

又莊公二十四年「德之共」下云：

无音，後漢翟輔疏引此作恭，司馬公訓儉文引此作共，言
儉者上下其行，則知讀爲恭者非。

除以上七類外，偶而有只解釋字義，不作音注者，則已脫出
本書編撰的原旨，如周禮槀人「試」字下注「考」，賈師「恆」
字下注「常」，是也。

肆、九經直音的價值

九經直音在宋元時代十分風行，爲讀書人必備的參考書。清
代藏書家陸心源云：

成書之後，當時想必風行，故坊賈多取其書，或附于後，
或列于上，猶麻沙刻十三經注疏之附經典釋文，南宋風氣
使然也。

可知此書受重視的程度與經典釋文相同，皆爲宋人讀經參考
之用。只不過一用直音，一用反切而已。

至於直音、反切何者較善，學者見解不一。四庫全書九經直
音提要云：

其書不用反切，而用直音，頗染鄉塾陋習。

陸心源則認為：

　　　是書以直音易反切，取便童蒙，而暗合許、鄭之旨。

　　二人見解相反，四庫提要站在士大夫的立場，自然渺視簡易通俗之直音，而陸氏則著眼於「取便童蒙」，並提出許慎、鄭玄來支持自己的見解。實際上，許、鄭的時代反切尚未盛行，當然只好用直音。不過，反切與直音都是注音的工具，目的相同，就效果上而論，直音之法似較反切更直截了當些。

　　九經直音在元代猶有刊本，元以後就很少人注意了，主要原因是明代的經學十分衰落，因此，像九經直音、經典釋文這類專為讀經而作的參考書也必然要沒落了。到了清代，九經直音幾乎亡佚，幸而陸心源取所藏重新刊印，才得以流傳下來。

　　至於本書所收音注，四庫提要認為俱根據唐代陸德明之經典釋文，凡釋文一字數音者，皆並存之。提要舉出下列例子證明。

　　一、金縢「辟」字下云：「孔音闢，法也，說文音必，鄭音避。」

　　二、大誥「賁」字下云「音墳，王讀為賁卦之賁。」

　　三、禮內則：「接以太牢」、「接」字下云：「鄭音捷，王杜並以為接待。」

　　祭法：「相近於坎壇」，「坎」字下云；「註作禳祈，孔叢子以為祖迎。」

　　五、祭義「爛」字下云：「徐廉反，古音燖」

　　六、周禮太牢「圃」字下云：「布古反，又音布。」

　　　　　　「牧」字下云：「徐音目，劉音茂。」

　　　　　　「頒」字下云：「鄭音班，徐音墳。」

　　七、籑人「茆」字下云:「茆音卯,又音柳。」

　　八、遺人下云:「遺音位,劉音遂」。

　　事實上,就九經直音全書來看,與釋文相同的部份所佔比例並不很高,因此,九經直音的作者只是偶而參考釋文以及前儒的音注,大部份注音仍以當時通行之音爲準。四庫提要亦承認這個事實,提要云:

> 釋文所載,皆唐以前音,而此書則兼取宋儒,如於詩、中庸、論語、孟子則多採朱子,於易則兼採程、朱,於禮則多採方愨,其他經引胡瑗、司馬光音讀尤多。

　　因此,九經直音之注音足以反映宋代的語音實況,此書之真正價值即在於此。就語音史研究之觀點言,四庫提要所說「(九經直音)與陸氏之書,尤足相續,在宋人經書音釋中,最爲妥善。」實可當之無愧,絕非溢美之辭。陸氏之經典釋文保存六朝語音,九經直音保存宋代語音,兩部書同爲研究語音史的重要材料。

伍、研究方法

　　九經直音共有兩萬多個直音,我們可以拿這些資料,在聲、韻、調各方面跟廣韵作比較,以了解它改變廣韻系統的程度。

　　首先,自廣韵檢出直音各字之反切,包括本字及注音字。直音的原則是本字與注音字必需同音。如果我們拿廣韵作標準來看,發現本字與注音字往往並不同音,無論是聲母有差異,或是韻母、聲調有差異,這說明了語音已發生變化。

　　有時，九經直音中用作注音的字不止一個，也就是同時注了本字的幾個讀法，這時，需分別一一檢出其反切，有時，一個字在廣韵中又不止一個讀法，也需分別一一檢出其反切。

　　所有反切既檢出，第二步工作就是進行過濾，把直音字與本字同屬一類反切者剔除，因爲這種情形表示它的音讀從切韵以來不曾變化。另外，九經直音所採用者，如爲較古的讀書音，其音讀已見於較早的材料中，譬如說，引用漢儒的音注，或經典釋文已有的讀音，這些，對我們探求宋代的語音，也是用不上的，也必需加以剔除。所以，研究過程中，必需核對參考經典釋文。很多早期音讀廣韵未收，卻能見於釋文中。例如九經直音中，詩經斯干：「褉，音替」，廣韵的「褉」字見錫韵先擊切，屬心紐字，並無「替」一音。但以釋文核對，有「他計切」一音，說明「褉」之讀爲「替」，古已有之，非產生於宋代。

　　經過這樣的過濾，餘下的，都是本字與注音字之反切不一致者，然後可依其差異之狀況作分類，有些是聲母發生了變化，有些是韵母或聲調發生了變化。

　　一個字如果不止一個反切，這時還得判斷直音中所採用的是哪一個音。例如禮記玉藻以「旨」注「徵」，「徵」字在蒸韵直陵切之外，還有止韵陟里切一音，「旨」字所注的應當是「徵」字止韵的那個讀法。因此，必需拿「旨」字與「陟里切」作比較，才能了解宋代語音的趨向。

　　又如春秋定公四年以「致」注「質」，在廣韵中「質」是入聲韵目，其實它另有至韻陟利切一音，與「致」字音讀正同，而廣韻入聲「質」字下並未注明這個又音。稍一不愼，就會把九經

直音的這個例看作是入聲「質」字已變讀去聲了。

　　還有一些情況，嚴格說，不能算是直音，而是文字上通借的關係。例如以「僻」注「辟」、以「汝」注「女」、以「嗚呼」注「於乎」。因爲經書多古字，九經直音遂用後起的字注明它們是相同的。這類情況也不能拿來做研究宋音的材料。

　　廣韻的常例，一字多音者，應互注反切。但廣韻也經常發現有漏注又音的。這點，在比較九經直音的音注時，特別重要。例如九經直音好多地方都把「下」字注爲去聲，而廣韻「下」字見馬韻胡雅切，乃全濁上聲字。很容易使人想到這是「濁上歸去」的結果。其實不然，再查去聲禡韻也有「下」字，音胡駕切，麻煩的是廣韻既不把它放在「胡駕切」之首，難以見到，而馬韻又遺漏了這個去聲的「又音」。

　　九經直音中還有一些注音看來十分特別，直音字與本字在廣韻中並非同音字，例如禮記玉藻以「舒」注「荼」、以「闕」注「屈」，其實這裡的「荼」、「屈」就是後世的「璩」、「絀」，廣韻「舒、璩」同音、「闕、絀」同音，所以直音所注並沒有問題。這種情況如不從經典文義上去了解，就會誤以魚韻的「舒」與模韻的「荼」、月韻的「闕」與物韻的「屈」在宋代竟成爲同音了。

　　此外，九經直音中的某些注音，既不合於廣韻，亦不合於漢儒經音或早期反切，卻能在集韻中找到，這類情況很可能也反映了宋代音。因爲集韻與廣韻雖同出於宋代，性質卻大不相同，集韻已相當程度的改變了切韻系統，集韻的反切往往有斟酌當時語音而制訂者，就反映宋代語音而言，正可以跟九經直音相互印

證。

原刊《孔孟月刊》第19卷2期，51-57，臺北。

九經直音的聲母問題

本文主要對九經直音的聲母情況作一探討，其中有關濁音清化、消失的聲母（見＜近代漢語零聲母的形成＞）、知照系聲母的演變已另文專論外，本文專就以下五個問題研討：

　　甲、全濁聲母的混同

　　乙、唇音的變化

　　丙、舌根塞音與擦音的關係

　　丁、顎化作用

　　戊、古聲母的殘留

所舉例證之下，皆注明商務印書館影印明本排字九經直音之頁數與行數，以便查考。

甲、全濁聲母的混同

中古音的濁塞擦音與擦音在九經直音中，發現有相混的現象，茲分別討論如下。

壹、床與禪相混

1.　詩經螽斯：「繩、成」（43頁4行）

案「繩」字見蒸韵食陵切，爲床母；「成」字見清韵是征

切，爲禪母。

　　床、禪二母的界限自古就很不清楚，三十字母就不區別床、禪。九經直音也表現了這個傾向。

　　2.　易經屯卦：「乘，去，又音成」（100頁7行）

　　案「乘」字與前例「繩」字同音，所以這個例子也是床、禪相混。

　　3.　詩經騶虞：「殖，食」（45頁2行）

　　案「殖」字見職韵常職切，爲禪母字；「食」字見職韵乘力切，爲床母字。

　　4.　禮記檀弓下：「射，食」（122頁1行）

　　案「射」字見禡韵神夜切，又音石，「石」字爲入聲昔韵禪母字（廣韵石字下漏列射字）；「食」字則爲床母字（見前條）。

　　5.　尚書舜典：「贖，屬」（87頁2行）

　　6.　尚書呂刑：「贖，蜀」（98頁10行）

　　案「贖」字見燭韵神蜀切，爲床母字；「屬」「蜀」二字皆燭韵市玉切，爲禪母字。

　　7.　詩經黃鳥：「贖，孰」（56頁3行）

　　案「贖」字爲床母（見前條）；「孰」字見屋韵殊六切，爲禪母。

　　8.　詩經泉水：「遄，船」（47頁1行）

　　9.　詩經相鼠：「遄，船」（48頁4行）

　　10.　詩經巧言：「遄，船」（66頁8行）

　　11.　詩經崧高：「遄，船」（79頁4行）

12. 春秋昭公三年：「邅，船」（235頁6行）

案「邅」字見仙韵市緣切，爲禪母字；「船」字見仙韵食川切，爲床母字。

13. 詩經吉日：「俟，士」（63頁3行）

案「俟」字見止韵床史切，切韵殘卷作漦史切，聲母與「漦」字自成一類，是禪母二等字；「士」字見止韵鉏里切，爲床母二等字。

貳、從與邪相混

14. 孟子萬章下：「籍，夕」（37頁1行）

案「籍」字見昔韵秦昔切，爲從母字，「夕」字見昔韵祥易切，爲邪母字。

像這種濁塞擦音與濁擦音相混的情形，在現代吳語裡也可以見到，九經直音中這種例子較少，也許是當時部分方言的情況。

15. 詩經十月之交：「羨，前去」（65頁6行）

案「羨」字見線韵似面切，爲邪母字；「前」字見先韵昨先切，爲從母字。

16. 易經略例明象：「璇，全」（109頁1行）

案「璇」字見仙韵似宣切，爲邪母字；「全」字見仙韵疾緣切，爲從母字。

參、其他濁音的相混

17. 詩經伐檀：「廛，蟬」（54頁3行）

18. 孟子滕文公上：「廛，蟬」（30頁10行）

案「廛」字見仙韵直連切，爲澄母字；「蟬」字見仙韵市連切，爲禪母字。這是濁塞音與濁擦音相混。

19. 孟子告子上：「耆，持去」（37頁8行）

案「耆」字見脂韵渠脂切，爲群母字；「持」字見之韵直之切，爲澄母字。此「耆」字可能受到去聲（所以這裡才注「持去」）至韵禪母「嗜」字的類化，因此這條也是濁塞音的澄母與濁擦音的禪母相混。

20. 禮記曲禮上：「筮，嗣」（114頁10行）

案「筮」字見祭韵時制切，爲禪母；「嗣」字見志韵祥吏切，爲邪母。這是發音部位相近而混用的。

21. 禮記文王世子：「承，贈」（130頁10行）

案「承」字見蒸韵署陵切，爲禪母字；「贈」字見嶝韵昨亘切，爲從母字。

古代床、禪界限不明，這個「承」字可能讀成了床母（今音爲塞擦音，亦由床母演化而成），因此與「贈」字發音部位相近而混用。

以上這些濁音相混的例，可能代表了宋代少數殘存的濁聲母，在某些方言中已漸漸混用而傾向沒落。第壹、貳兩類現象，在現代吳語中也可以找到，吳語的濁塞擦音dz與濁擦音z往往混而不分。至於第叄項的第17至19條，是「澄、禪」相混，就中古音而言，固是濁塞音與濁擦音相混，然就知、照兩系字而論，澄母到宋代已跟床母無異，所以實際上也是塞擦音與擦音的相混，跟第壹、貳兩類現象相平行。

第20、21兩例則是發音近似的偶而混用，與語音系統無

關。

乙、唇音的變化

古無輕唇音，只有重唇。到了宋代流傳三十六字母，已分輕、重唇兩組。而輕唇音產生之初可能是個塞擦音，所以「非、敷」兩母才能分列，後來輕唇音變成了擦音，「非、敷」兩母就合併成一個聲母了，因爲擦音在漢語中是不分送氣與不送氣的。九經直音的輕唇音可能已經發展到了這個階段，所以有很多例子是「非、敷」兩母字互相注音的，也就是說明這兩母已無區別了，它們都讀成了唇齒清擦音。以下是這類例子：

1. 孝經序：「膚，孚」（9頁9行）

2. 論語顏淵：「膚，孚」（18頁2行）

3. 論語子張：「膚，孚」（23頁2行）

4. 孟子公孫丑上：「膚，孚」（28頁3行）

5. 孟子離婁上：「膚，孚」（33頁9行）

6. 孟子告子上：「膚，孚」（38頁6行）

7. 詩經狼跋：「膚，孚」（60頁1行）

案「膚」字見虞韻甫無切，爲非母；「孚」字見虞韻芳無切，爲敷母。經典釋文「膚」字音方于反，反切上字與本字同母，非、敷並不相混。

8. 論語公冶長：「斐，匪」（13頁10行）

9. 論語述而：「悱，匪」（14頁9行）

案「斐」、「悱」二字同見尾韻敷尾切，爲敷母字；「匪」

字見尾韵府尾切，爲非母字。釋文「斐」、「悱」皆音芳匪反，反切上字與本字相合，並無非、敷混用的迹象。

10. 論語子罕：「覆，風入」（16頁1行）

案「覆」字見屋韵芳福切，爲敷母；「風」字見東韵方戎切，爲非母。釋文「覆」字音芳服反，反切上字與本字聲母相合。

11. 詩經小毖：「蜂、風」（82頁9行）

案「蜂」字見鍾韵敷容切，爲敷母；「風」字爲非母（見前條）。釋文「蜂」字音孚逢反，反切上字與本字同母。

12. 春秋文公七年：「酆，風」（208頁7行）

案「酆」字見東韵敷隆切，爲敷母；「風」字爲非母。釋文「酆」字音芳忠反，反切上字與本字同母。

13. 論語堯曰：「費，非去」（23頁6行）

14. 禮記曲禮上：「費，非去」（114頁6行）

案「費」字見未韵芳未切，爲敷母，「非」字爲非母。釋文「費」字音芳味反，反切上字與本字同聲母。

15. 詩經關雎：「妃，非」（42頁5行）

16. 詩經雞鳴：「妃，非」（52頁6行）

案「妃」字見微韵芳非切，爲敷母；「非」字爲非母。釋文「妃」字音芳非反，反切上字與本字同母。

17. 詩經關雎：「風，峰」（42頁5行）

案「風」字爲非母（見前）；「峰」字見鍾韵敷容切，爲敷母。釋文「風」字音福鳳反，反切上字與本字同聲母。

18. 詩經何彼穠矣：「夫，孚」（45頁1行）

　　案「夫」見字虞韵甫無切，爲非母字；「孚」爲敷母（見前）。釋文無音。

　　19.　尚書舜典：「敷，夫」（87頁2行）

　　案「敷」字是敷母；「夫」字是非母（見前）。釋文「敷」字音孚，同爲敷母。

　　20.　尚書費誓：「鋒，封」（99頁5行）

　　案「鋒」字見鍾韵敷容切，爲敷母字；「封」字見鍾韵府容切，爲非母字。釋文無音。

　　21.　禮記曲禮上：「販，番上」（111頁10行）

　　案「販」字見願韵方願切，爲非母；「番」字見元韵孚袁切，爲敷母。釋文「販」音方万反，反切上字與本字同聲母。

　　22.　春秋襄公二十五年：「被，弗，又廢」（228頁8行）

　　23.　春秋昭公十八年：「被，弗，又廢」（243頁5行）

　　24.　春秋定公四年：「被，弗，又廢」（250頁9行）

　　案「被」字見物韵敷勿切，爲敷母；「弗」字見物韵分勿切，爲非母。釋文「被」字音芳弗反，反切上字與本字同聲母。

　　25.　孟子告子上：「覆，福」（38頁2行）

　　26.　詩經谷風：「覆，福」（46頁7行）

　　27.　詩經節南山：「覆，福」（64頁8行）

　　28.　詩經小明：「覆，福」（68頁6行）

　　29.　詩經蕩：「覆，福」（77頁7行）

　　30.　詩經抑：「覆，福」（77頁10行、78頁1行）

　　31.　詩經桑柔：「覆，福」（78頁6行）

　　32.　詩經瞻仰：「覆，福」（80頁8行）

33. 尚書五子之歌：「覆，福」（90頁1行）

34. 尚書呂刑：「覆，福」（99頁1行）

35. 易經鼎卦：「覆，福」（105頁2行）

36. 易經繫辭下：「覆，福」（107頁10行）

37. 周禮輈人：「覆，福」（185頁9行）

38. 周禮弓人：「覆，福」（189頁2行）

39. 春秋閔公元年：「覆，福」（199頁1行）

40. 春秋僖公二十四年：「覆，福」（204頁1行）

41. 春秋僖公三十三年：「覆，福」（206頁9行）

42. 春秋成公十六年：「覆，福」（219頁10行）

43. 春秋襄公二十三年：「覆，福」（227頁4行）

44. 春秋襄公三十一年：「覆，福」（233頁1行）

45. 春秋襄公八年：「覆，福」（256頁8行）

案「覆」字見屋韵芳福切，爲敷母；「福」字見屋韵方六切，爲非母。

以上四十五個例，都是非，敷相混，加上濁音清化的奉母，實際上，非、敷、奉三者都簡化成一個聲母——f。

不過也有少數例子是後世的輕唇音，在宋代仍爲重唇者，例如：

46. 孟子離婁下：「逢，厖」（34頁10行）

案「逢」字見鍾韵符容切，爲奉母；「厖」字見江韵莫江切，爲明母；但此字今又讀爲「龐」音，聲母是由並母變來的。所以這例的「逢」是用重唇並母字來注音，也就是「逢」字仍讀重唇。

47.　周禮巾車：「樊，盤」（178頁1行）

48.　周禮大行人：「樊，盤」（183頁6行）

案「樊」字見元韵附袁切，爲奉母字；「盤」字見桓韵薄官切，爲並母字。可見「樊」字讀爲重唇音。

丙、舌根塞音與擦音的關係

在漢語裡ㄍㄎㄏ三個聲母經常會發現混用的情形。例如「河」字是ㄏ聲母，其聲符「可」則是ㄎ。「許」字是曉母字，閩南語讀爲ㄎ聲母。「詰」字是溪母，國語的讀音卻是ㄍ聲母變成的。「況」字是曉母，國語卻讀爲ㄎ聲母。「呴」字音香句切，爲曉母，又音居候切，爲見母。「合」字又音候閤切，唸ㄏ聲母，又音古沓切，唸ㄍ聲母。

九經直音中的這類舌根塞音與擦音也常有混用，其原因可能是不同方言的混雜，或者是一字的異讀。

1.　孟子滕文公上：「捆，昆上」（30頁10行）

案「捆」字見混韵苦本切，爲溪母；「昆」字見魂韵古渾切，爲見母。國語讀見母的「昆」字爲ㄎ聲母，由此例可知宋代已然。

2.　孟子滕文公下：「瞷，勘」（32頁9行）

案「瞷」字見山韵戶閒切，爲匣母；「勘」字見勘韵苦紺切，爲溪母。可能兩字都讀成了ㄎ聲母。

3.　孟子萬章上：「屈，君入」（36頁7行）

案「屈」字見物韵區物切，爲溪母；「君」字見文韵舉云

切，爲見母。

4.　詩經雨無正：「哿，科上」（65頁9行）

案「哿」字古我切，爲見母；「科」字見戈韻苦禾切，爲溪母。「哿」字可能受字形下半「可」的影響，變成了送氣的音。

5.　詩經采綠：「曠，古謗」（71頁10行）

案「曠」字見宕韻苦謗切，爲溪母；反切上字「古」爲見母。

6.　詩經良耜：「薅，高」（83頁2行）

案「薅」字見豪韻呼毛切，爲曉母；「高」字見豪韻古勞切，爲見母。釋文「薅」字音呼毛反。

7.　尚書序：「訖，牽入」（85頁9行）

案「訖」字見迄韻居乞切，爲見母；「牽」字見先韻苦堅切，爲溪母。釋文「訖」字音居乙反，又計乙反，無溪母一音。

8.　禮記樂記：「橫，光去」（146頁3行）

案「橫」字見唐韻古黃切，爲見母；又見映韻戶孟切，爲匣母；「光」字見唐韻古黃切，與「橫」字平聲的讀法相同，但此例注爲「光去」，可見是取「橫」字去聲映韻的讀音。因此，塞音、擦音相混了。

9.　春秋襄公三十一年：「轄，割」（232頁9行）

案「轄」字見轄韻胡瞎切，爲匣母；「割」字見曷韻古達切，爲見母。釋文「轄」字音戶瞎反，無見母一讀，集韻亦無見母一讀。

綜合上述，九經直音舌根kk′x的混用情形如下：

k：k′──五次

k：x──三次

k′：x──一次

丁、顎化作用

顎化作用在語音演變中，無論古今中外，可說是最普遍的一種方式了。國語的ㄐㄑㄒ三個聲母完全是經由顎化作用產生的。在西洋語言中，字母G的後面跟的是細音，這個G就成了發音部位偏前的顎化音，否則就是舌根音。

九經直音中偶然表現出顎化的迹象，但不影響聲母系統，這些例子有：

1.　詩經珉：「蚩，次平」（49頁4行）

案「蚩」字見之韵赤之切，爲穿母字，釋文音尺之反，亦穿母；「次」字見至韵七四切，爲清母字。這個「次」字韵母是細音，又用來注穿母字，可能注音者讀「次」字已發生顎化。

2.　詩經綿：「沮，尺余」（73頁5行）

案「沮」字見魚韵七魚切，爲清母字，釋文七余反，亦清母；此例之反切上字「尺」則爲穿母，可知「沮」字亦已顎化。

3.　尚書君陳：「從，昌容」（97頁9行）

案「從」字見鍾韵疾容切，爲從母字，可能清化成了清母字，釋文音七容反，也是清母。此例之反切上字「昌」爲穿母字，可知「從」字音已帶顎化。

4.　尚書呂刑：「「鴟，雌」（98頁10行）

案「鴟」字見脂韵處脂切，爲穿母字，釋文音尺之反，亦穿

母；「雌」字見支韻此移切，爲清母字。可知「雌」字聲母已顎
化。

5. 春秋隱公二年：「向，尚」（190頁8行）

6. 春秋隱公十一年：「向，尚」（192頁9行）

7. 春秋宣公四年：「向，尚」（211頁9行）

8. 春秋宣公七年：「向，尚」（212頁3行）

9. 春秋成公五年：「向，尚」（216頁8行）

10. 春秋成公十八年：「向，尚」（220頁7行）

11. 春秋襄公十一年：「向，尚」（223頁5行）

12. 春秋襄公十五年：「向，尚」（224頁8行）

13. 春秋定公九年：「向，尚」（252頁7行）

案「向」字見漾韻許亮切，爲曉母字；「尚」字見漾韻時亮
切，爲爲禪母字，清化後成爲審母字。可知「尚」字顎化成了舌
面擦音了。釋文「尚」字音舒亮反，爲審母字，可證「向」字在
宋以前就產生了顎化的讀法，不過九經直音並沒有抄襲前人的注
音，沿用舒亮反，否則我們就不能確定宋代也存在這個顎化的讀
法。

以上所見1至4例皆是ts′聲母讀成了tʃ′，而且都是細音韻母。
5至13例是x聲母讀成了ʃ，也發生在細音韻母之前。

戊、古聲母的殘留

有些上古聲母到了宋代仍舊保留下來，可能殘存在某些方言
中，九經直音引用來做爲注音，以下就是這類例子：

壹、舌上音仍讀舌頭音

1. 詩經小戎：「秩，定入」（56頁1行）

案「秩」字見質韵直一切，爲澄母；「定」字爲定母，用定母注澄母，可知「秩」字必讀爲舌頭音。經典釋文「秩」字音陳乙反，不像九經直音用定母注「秩」字。

2. 詩經湛露：「湛，談上」（62頁3行）

案「湛」字見賺韵徒減切，但二等韵例無定母，此反切實係類隔。此例仍以定母之「談」注音，可見宋代仍有讀「湛」爲舌頭音者。釋文「湛」字音直減反，反切上字爲澄母。

3. 詩經棫樸：「追，堆」（73頁9行）

4. 禮記郊特牲：「追，堆」（135頁4行）

5. 周禮追師：「追，堆」（169頁5行）

案「追」字見脂韵陟佳切，爲知母字，「堆」字見灰韵都回切，爲端母字。可證「追」字仍爲舌頭音。

6. 周禮內司服：「展，顛上」（169頁4行）

案「展」字見獮韵知演切，爲知母字；「顛」字見先韵都年切，爲端母字。可知「展」字讀爲舌頭音。釋文「展」字張彥反，屬知母。

貳、照系二等讀同精系者

7. 尚書康誥：「蔡，釵去」（95頁4行）

案「蔡」字見泰韵倉大切，爲清母字；「釵」字見佳韵楚佳切，爲穿二。可知「釵」字仍讀爲齒頭音。

8. 尚書堯典：「偋，在簡」（86頁8行）

案「儕」字見產韵士限切，爲床二；反切上字「在」從母。可知「儕」字仍讀齒頭音。釋文仕簡反，爲床二。

9. 易經繫辭上：「索，生入」（104頁7行）

案「索」字見鐸韵蘇各切，爲心母字；「生字見庚韵所庚切，爲審二。可知「生」字仍讀齒頭音。釋文「索」字音色白反，雖爲審二，而注音方式與九經直音不同，所以九經直音的「生入」並非抄襲而來，而係得自當時讀音。

10. 禮記檀弓上：「縮，速」（117頁10行）

案「縮」字見屋韵所六切，爲審二；「速」字見屋韵桑谷切，爲心母。可知「縮」字保存了齒頭音的讀法。釋文「縮」字音所六反，反切上字是審二。

11. 禮記明堂位：「省，先上」（140頁10行）

12. 禮記大傳：「省，星上」（141頁10行）

13. 禮記樂記：「省，星上」（145頁4行）

14. 禮記祭義：「省，星上」（151頁5行）

15. 禮記中庸：「省，星上」（155頁5行）

16. 禮記大宗伯：「省，星上」（174頁1行）

17. 禮記小宗伯：「省，星上」（174頁2行）

案「省」字見梗韵所景切，爲審二；「先」、「星」二字都是心母。可證「省」字當時讀爲齒頭音心母。

以上這兩類保留古音的現象，也可能是受讀書音影響而存在的，至於離開讀書而外，這些古讀應當不會十分普遍。

結 論

　　由以上各部分所論，我們對九經直音的聲母狀況可以獲得以上幾點啟示：

　　一、宋代的濁塞擦音與濁擦音的界限十分模糊，正跟今天吳語的情況類似。也爲中古音床、禪二母的關係提供了很好的解釋。

　　二、輕唇音的非、敷、奉三母已有逐漸合一的傾向，這裡的證據，爲國語唇齒清擦音 f 的形成過程，提供了歷史的說明。

　　三、舌根清塞音與清擦音正如今天的許多方言，在宋代也有互相借用混雜的情形。

　　四、某些聲母在細音韵母前受到顎化的影響，不過數量很少，顯然沒有影響聲母系統的改變，只是個別的現象而已。

　　五、在韵書中就存在著舌音類隔、齒音類隔（精照互用）的現象，這種古音的殘餘在宋代還有部分方言保留下來，也可能是保留在讀書音裡頭。

　　原刊《木鐸》第9期，345-356，臺北。

九經直音知照系聲母的演變

　　九經直音是一部通行於宋代，用直音方式標明音讀的參考書，所注的九部經典依次是：一孝經、二論語、三孟子、四毛詩、五尚書、六周易、七禮記、八周禮、九春秋。本書沒有署明作者，清人陸心源曾論證可能出自孫奕之手（參考陸心源重刊明本排字九經直音敍）。

　　九經直音的性質很像經典釋文，只不過陸明的釋文志在廣泛的收錄古讀，九經直音則多採當時通行的音讀來注音，所以它跟切韻系統比較起來，其中的變化十分顯著，九經直音的價值也就在此。我們拿這批直音材料來分析研究，可以了解宋代語音實況，看它在聲母、韵母、聲調各方面發生了什麼樣的變化。

　　本文專就舌上音知系字與正齒音照系字的關係加以探究。切韵時代的「知、徹、澄」、「照二、穿二、床二、審二」、「照三、穿三、床三、審三」三系聲母到了宋代已混合爲一類，可能是一套舌尖面音，到了國語變成了捲舌音。

　　本來，照二與照三兩系在唐代就已合併，所以敦煌所出之三十字母只立一套名稱。唐以後又加入了知系，使這個系統範圍更大了。以下就把九經直音中所見到的證據分別列出來加以討論。（各例之下注明商務本九經直音頁數，以供查考）。

壹、照二與照三兩系的混合

1. 孟子萬章下：「茁，拙」（37頁3行）

案「茁」字見薛韵側劣切，爲照二；「拙」字見薛韵職悅切，爲照三。以照三注照二，可知二者已無區別。

2. 孟子告子下：「揣，吹上」（38頁9行）

案「揣」字見紙韵初委切，爲穿二；「吹」字見支韵昌垂切，爲穿三。以穿三注穿二，可證二者已無區別。

3. 詩經螽斯：「振，征」（43頁4行）

案「振」字見眞韵側鄰切，爲照二；「征」字見清韵諸盈切，爲照三。以照三注照二，可證二者已無區別。

4. 詩經大車：「毳，吹上」（50頁6行）

案「毳」字見祭韵楚稅切，爲穿二；「吹」字爲穿三（見前）。以穿三注穿二，可證二者已無區別。

5. 詩經桑扈：「戢，只立」（69頁10行）

6. 詩經宛央：「戢，只立」（70頁1行）

案「戢」字見緝韵阻立切，爲照二；反切上字「只」爲照三。以照三切照二，可證二者已無區別。

7. 詩經皇矣：「菑，之去」（74頁1行）

案「菑」字見之韵側持切，爲照二；「之」字止而切，爲照三。以照三注照二，可證二者已無區別。

8. 尚書泰誓上：「牲，升」（93頁5行）

案「牲」字見庚韵所庚切，爲審二，「升」字見蒸韵識蒸切，爲審三。以審三注審二，可證二者已無區別。

9.　周禮媒氏：「純，緇」（171頁7行）

案「純」字見準韵之尹切，爲照三；「緇」字見之韵側持切，爲照二。以照二注照三，可證二者已無區別。

10.　易經繫辭下：「撰，船（原文誤作般）上」（108頁2行）

11.　周禮大司馬：「撰，船去」（178頁9行）

12.　論語爲政：「饌，船去」（12頁2行）

案「撰」字見獮韵士免切，爲床二；「饌」字見線韵士戀切，也是床二；「船」字見仙韵食川切，爲床三。以床三注床二，可證二者已無區別。

13.　孟子滕文公下：「蒸，真」（32頁9行）

案「蒸」字爲韵目，音煮仍切，屬照三；「眞」字亦韵目，音側鄰切，屬照二，以照二注照三，可證二者已無區別。

貳、知母與照母的混合

14.　論語爲政：「朝，昭」（13頁2行）

15.　孟子告子下：「朝，昭」（39頁6行）

16.　詩經白駒：「朝，昭」（63頁9行）

17.　詩經雨无正：「朝，潮，又昭」（65頁8行）

18.　詩經那：「朝，昭」（84頁8行）

19.　尚書說命上：「朝，昭」（92頁5行）

20.　尚書泰誓下：「朝，昭」（93頁7行）

21.　尚書牧誓：「朝，昭」（93頁8行）

22.　尚書武成：「朝，昭」（93頁10行）

23.　尚書召誥：「朝，昭，下同」（96頁3行）

24.　尚書無逸：「朝，昭」（96頁9行）

25.　尚書畢命：「朝，昭」（98頁7行）

26.　易經訟卦：「朝，昭」（101頁1行）

27.　詩經采綠：「朝，昭」（71頁10行）

28.　詩經漸漸之石：「朝，昭」（72頁7行）

29.　詩經何草不黃：「朝，昭」（72頁9行）

30.　詩經大明：「朝，昭」（73頁4行）

31.　詩經卷阿：「朝，昭」（76頁7行）

32.　周禮大司徒：「朝，昭」（196頁9行）

　　以上十九例中，「朝」字見宵韻陟遙切，爲知母；「昭」字見宵韻止遙切，爲照母。以照母注知母，可證二母已無區別。

33.　孟子公冶長：「晝，周去」（13頁7行）

　　案「晝」字見宥韻陟救切，爲知母；「周」字見尤韻職流切，爲照母。以照母注知母，可證二母已無區別。

34.　論語微子：「中，終去，下同」（22頁9行）

35.　孟子萬章下：「中，終去」（36頁10行）

　　案「中」字見送韻陟仲切，爲知母；「終」字見東韻職戎切，爲照母。以照母注知母，可證二母已無區別。

36.　孟子梁惠王下：「徵，止去」（26頁10行）

37.　孟子告子下：「徵，真」（39頁10行）

38.　春秋宣公三年：「徵，真」（211頁8行）

39.　禮記月令孟夏：「徵，底（當作底）」（126頁9行）

40.　禮記玉藻：「徵，旨」（139頁10行）

以上五例中，「徵」字有二音：蒸韵陟陵切，止韵陟里切。第37、38例屬前者，36、39、40例屬後音。這兩個音都是知母。用作注音的「止」、「眞」、「底」、「旨」其音讀如下：

止——止韵諸市切

眞——眞韵側鄰切

底——旨韵職雉切

旨——旨韵職雉切

四個字的聲母都是照母，所以又是以照母注知母，可以證明兩母已無區別。

41. 詩經東山：「窒，眞入」（59頁8行）

42. 尚書禹貢：「銍，眞入」（89頁7行）

43. 尚書費誓：「楨，眞」（99頁6行）

案「窒」、「銍」二字同爲質韵陟栗切，爲知母；「楨」字見清韵陟盈切，也是知母。作用注音的「眞」字則爲照母二等字（見前條）。以照母注知母，可證二者已無區別。

44. 孟子離婁上：「適，謫入」（34頁4行）

案「適」字見昔韵之石切，爲照母；「謫」字見麥韵陟革切，爲知母。以知母注照母，可證知、照已無分別。

45. 詩經卷耳：「陟，征入」（43頁1行）

案「陟」字見職韵竹力切，爲知母；「征」字見清韵諸盈切，爲照母。以照母注知母，可證知、照已無分別。

46. 詩經碩人：「鱣，旃」（49頁2行）

案「鱣」字見仙韵張連切，爲知母；「旃」字見仙韵諸延切，爲照母。可證二母已成一類。

47. 詩經桑柔：「贅，追去」（78頁5行）

案「贅」字見祭韵之芮切，爲照母；「追」字見脂韵陟佳切，爲知母。可證二母已成一類。

48. 詩經長發：「綴，拙」（85頁1行）

案「綴」字見薛韵陟劣切，爲知母；「拙」字見薛韵職悅切，爲照母。可證二母已成一類。

49. 尚書盤庚上：「長，章上」（91頁9行）

「長」字見養韵知丈切，爲知母；「章」字見陽韵諸良切，爲照母。可證二母已成一類。

50. 尚書無逸：「籌，周」（96頁9行）

案「籌」字見尤韵張流切，爲知母；「周」字見尤韵職流切，爲照母。可證三母已無分別。

51. 春秋照公三十一年：「謫，責」（250頁1行）

案「謫」字見麥韵陟革切，爲知母；「責」字見麥韵側革切，爲照母二等字，以照母注知母，可證知、照二母已無分別。

52. 春秋成公五年：「質，至」（216頁8行）

53. 春秋昭公七年：「質，至，又如字」（238頁1行）

54. 春秋哀公二十年：「質，至」（260頁4行）

案「質」字除入聲一讀外，尚見至韵陟利切，爲知母字；「至」字脂利切，爲照母，可證二母已合爲一類。

55. 春秋昭公二年：「褚，主」（234頁10行）

56. 春秋昭公二十六年：「褚，主」（247頁7行）

57. 春秋哀公二十五年：「褚，主」（260頁6行）

案「褚」字見語韵張呂切，爲知母；「主」字見麌詞之庾

切，爲照母。可證二母已合而爲一。

叁、徹母與穿母的混合

58. 論語鄉黨：「襜，覘」（16頁5行）

案「襜」字見艷韵昌艷切，爲穿母字；「覘」字見艷韵丑艷切，爲徹母字，以徹母注穿母可證二母已無區別了。

59. 論語鄉黨：「絺，蚩」（16頁7行）

60. 尚書益稷：「絺，蚩」（88頁5行）

61. 尚書禹貢：「絺，蚩」（88頁10行）

案「絺」字見脂韵丑飢切，爲徹母；「蚩」字見之韵赤之切，爲穿母。可證二母已合而爲一。

62. 孟子梁惠王下：「畜，朱充入」（26頁10行）

63. 孟子離婁上：｜畜，充入」（34頁1行）

64. 易經序卦：「畜，充入」（108頁10行）

案「畜」字見屋韵丑六切，爲徹母；「充」字見東韵昌終切，爲穿母。可證徹、穿二母已無區別。

65. 詩經草蟲：「忡，充」（44頁2行）

案「忡」字見東韵敕中切，爲徹母；「充」字爲穿母（見前）。可證二母已合而爲一。

66. 孟子滕文公上：「徹，闡入」（30頁7行）

67. 詩經十月之交：「徹，尺列切」（65頁6行）

案「徹」字爲徹母（薛韵丑列切）；「闡」字見獮韵昌善切，爲穿母；反切上字「尺」亦爲穿母。兩例同以穿母注徹母

字，足證此二母已合而爲一。

68.　孟子滕文公上：「喭，徹盍（當作蓋）切」（31頁8行）

案「喭」字見夬韵楚夬切，爲穿母二等；反切上字「徹」字爲徹母。可證徹、穿二母已合而爲一。

69.　孟子盡心上：「疢，稱上」（40頁4行）

70.　詩經汝墳：「頳，稱」（43頁9行）

案「疢」字見震韵丑刃切，爲徹母；「頳」字又作「頳」，見清韵丑貞切，亦爲徹母；「稱」字見蒸韵處陵切，爲穿母。以穿母注徹母，可證二母已合一。

71.　詩經小戎：「暢，唱」（55頁10行）

72.　詩經采綠：「韔，倡」（72頁1行）

案「暢」、「韔」二字同見漾韵丑亮切，爲徹母字；「唱」、「倡」二字同見漾韵尺亮切，爲穿母字。可證二母已合一。

73.　詩經卷伯：「侈，恥」（67頁3行）

案「侈」字見紙韵尺氏切，爲穿母字；「恥」字見止韵敕里切，爲徹母字。可證二母已合一。

74.　詩經都人士：「蠆，釵去」（71頁10行）

案「蠆」字見夬韵丑犗切，爲徹母；「釵」字見佳韵楚佳切，爲穿母。可證二母已合一。

75.　詩經生民：「臭，抽去」（75頁5行）

76.　春秋僖公二十七年：「犨，抽」（205頁1行）

案「臭」字見宥韵尺救切，爲穿母；「犨」字見尤韵赤周切，也是穿母；用作注音的「抽」字見尤韵丑鳩切，爲徹母。可

證二母已合一。

77. 易經解卦：「坼，策」（103頁9行）

案「坼」字見陌韵丑格切，爲徹母字；「策」字見麥韵楚革切，爲穿母字。可證二母已合一。

78. 禮記檀弓下：「輔，春」（122頁2行）

案「輔」字見諄韵丑倫切，爲徹母字；「春」字見諄韵昌屑切，爲穿母字。可證二母合一。

肆、澄母與床母的混合

79. 論語爲政：「饌，船去，又傳去」（12頁2行）

80. 論語先進：「撰，傳上」（17頁10行）

案「饌」字見線韵士戀切，爲床母字；「撰」字見獮韵士免切，也是床母字；「船」字已見第12例；「傳」字見仙韵直專切，爲澄母字。以澄母字注床母字，可知二母已合爲一類。

81. 禮記學記：「撞，狀平」（144頁3行）

案「撞」字見江韵宅江切，爲澄母；「狀」字見漾韵鋤亮切，爲床母。可證澄、床二母已合爲一類。

第79至81例都是濁音的澄、床二母相混，不過，由其他材料看，宋代的濁音已經清化了，所以這些字都是唸成清塞擦音的。以下就是「澄、床」二母成爲清塞擦音的證據。

伍、澄床與知照的相混

82.　詩經小弁：「讒，站平」（66頁6行）

案「讒」字見咸韵士咸切，爲牀母字；「站」字見陷韵陟陷切，爲知母字。從前面的例字已知「知、照」二母已無區別，都是清塞擦音；此用已變清塞擦音的知母注牀母字，可知牀母也成了清塞擦音。

83.　詩經大明：「忱，誠」（73頁2行）

案「忱」字見侵韵知林切，爲知母字；「誠」字見清韵是征切，爲禪母字。自古牀、禪二母的界限不十分清楚，從國語「誠」字的讀法來看，這個例中的「誠」字也可以看作是牀母。如此，這個例子以牀母注知母，可證二母皆已成爲清塞擦音了。

84.　周禮牛人：「職，特（當作持）」（170頁10行）

案「職」字見職韵之翼切，爲照母；「持」字見之韵直之切，爲澄母。照母是清塞擦音，澄母當然也是清塞擦音了。

總結本文所列證據，照二與照三兩系的合併，「照、穿、牀、審」各母的例子都有，說明了它們是整個系統的合併，不是某幾個聲母的偶合。知、照兩系的合併也是一樣，「知、徹、澄」各母都有與對應的「照、穿、牀」相混的例子。值得注意的是跟濁音相混的例子，都是不送氣清音，可能這一系的濁音清化後，都變成了不送氣清塞擦音。由以上五部分的分析，再加上現代方言知、照系字的觀察，它們在宋代的音值擬訂如下：

知照——tʃ

徹穿——tʃʻ

澄牀——tʃ

　審——ʃ

禪——ʃ

原刊《東方雜誌》第14卷7期，25-28，臺北。

近代漢語零聲母的形成

一、概　説

　　漢語的字音分析，可以分爲聲母，韻母，聲調三部分。通常聲母都是輔音（cnsonant），但是有一些字卻是以元音（vowel）起頭，可以說是沒有聲母，這種缺少聲母的字，在聲韻學上稱爲「零聲母」，習慣上用ϕ－符號來表示。

　　在漢語的歷史上，零聲母有逐漸擴大的趨勢，換句話說，也就是這種缺乏輔音起頭的字，數量愈來愈多，這是十分合乎語言演化常例的現象，因爲「音素的失落」，普遍的存在於中外的許多語言裡。例如英語的輔音起頭〔hr, hl, hn, kn, gn, wr〕如今頭一個成分都失落了：

　　hring ＞ ring

　　hlēapan ＞ leap

　　hnecca ＞ neck

　　cnēow ＞ knee

　　gnagan ＞ gnaw

　　wringan ＞ wring

這和漢語的情況是類似的，上古漢語的問題較多，古音學者

的意見未必一致，所以本文僅談談中古音以後的演變。切韻系統所代表的中古音，聲母方面有一個零聲母，就是喻四。到了中古後期的三十六字母時代，它和喻三合併了，也就是喻三的起頭輔音失落，也變成了零聲母，和喻四成爲同一類，所以三十六字母只用一個「喻」來代表它們，這是中古以後零聲母的第一次擴大，這項演變的時間，根據王力先生漢語史稿的推測，是在第十世紀（見其書第130頁），因爲不論是三十六字母，或三十字母，喻母都不分兩類。

王力先生根據元代周德清中原音韻的情況，又發現在十四世紀時，疑母也轉爲零聲母，影母的上去聲也一樣失去了起頭的輔音。這是中古以後零聲母的第二次擴大。

至於現代國語的零聲母除了包含「喻·疑·影」之外，還包含了「微·日（「兒·耳·二」等字）」兩母，可以算是中古以後零聲母的第三次擴大。

關於微母的發展，王力先生認爲是經過了和「喻·疑」不同的發展過程，它在切韻時代，是明母的一部分，讀爲雙唇鼻音〔m〕，到了唐末宋初，明母分化了，除了東韻三等字外，它的合口三等字變爲脣齒鼻音。後來在北方話裡，它又由鼻音轉爲同部位的口音〔v〕，這個〔v〕從十四世紀的中原音韻時代起，一直保持到十七世紀，然後才變爲半元音〔w〕，最後成爲元音〔u〕，這個階段，它才和「喻·疑」合流了。

微母在吳，粵，閩南等方言中，至今仍未失落聲母，保存了早期的讀法。

日母在國語裡變爲零聲母者，只有止攝開口三等的小部分字

而已，其他的日母字國語讀捲舌濁擦音。

上述零聲母演化的三個階段中，第二個階段「喻・疑・影」的合流，王力認爲發生於元代，其實，我們根據另外一項爲人所忽略的材料－－九經直音，可以推測第二階段的發生，應該提早到宋代，我們藉著這項語音史料，可以使近代漢語零聲母的形成，得到更清楚明確的概念。

二、九經直音的零聲母

九經直音是一部通行於宋代，用直音方式標明音讀的參考書，所注的九部經典依次是：一孝經，二論語，三孟子，四毛詩，五尚書，六周易，七禮記，八周禮，九春秋。原書沒有署明作者，清人陸心源考證可能出自宋代孫奕之手。

九經直音的性質很像經典釋文，只不過陸德明的釋文志在廣泛的保存古讀，九經直音則多採當時通行的音讀來注音，所以拿它來和切韻系統比較，其中的變化十分顯著，其價值也就在此。我們用其中的直音材料來分析，比較，可以探索宋代的語音實況，看它在聲，韻，調各方面發生了什麼樣的變化。

直音的兩字應該完全同音，可是觀察它們在切韻系統中的類別，往往有相異者，由此可推斷到了宋代，這相異的兩類已無區別，下面就把九經直音中，有關零聲母變化的直音分類列舉出來，各例下注明台灣商務印書館印行叢書集成簡編第402，403「明本排字九經直音」的頁數與行數，以便查考。

一、喻三與喻四相混

1. 孝經序：「琰，炎上」（9頁8行）

案「琰」見琰韻以冉切，爲喻四；「炎」見鹽韻于廉切，爲喻三。

2. 論語里仁：「唯，爲上」（13頁2行）

3. 詩經敝笱：「唯，爲上」（53頁4行）

案「唯」字見脂韻以追切，爲喻四；「爲」字見支韻薳支切，爲喻三。

4. 論語子罕：「誘，有」（15頁10行）

5. 詩經野有死麕：「誘，有」（44頁9行）

6. 詩經珉：「誘，有」（49頁3行）

7. 詩經甫田：「莠，有」（53頁2行）

案「誘·莠」皆見有韻與久切，爲喻四；「有」字云久切，爲喻三。

8. 孟子衛靈公：「矣，以」（20頁6行）

案「矣」字見止韻于紀切，爲喻三；「以」字見止韻羊己切，爲喻四。

9. 論語子罕：「與，于」（16頁2行）

案「與」字見魚韻以諸切，爲喻四；「于」字見虞韻羽俱切，爲喻三。同樣的例證亦見於論語憲問（19頁6行），季氏（20頁10行），孟子滕文公上（31頁1行），，滕文公下（31頁10行，32頁4行、7行），萬章上（35頁9行），詩經潛（82頁3行）。

10. 孟子滕文公下：「余，于」（32頁4行）

案此條的「余」與上例的「與」同音，是喻四。

11. 論語微子：「與，宇」（22頁6行）

12. 論語微子：「與，于又宇」（22頁9行）

案此處的「與」字讀上聲，見語韻余呂切，爲喻四；「宇」字見麌韻王矩切，爲喻三。

13. 孟子梁惠王下：「踰，于」（27頁3行）

14. 易經略例明象：「渝，于」（109頁2行）

15. 禮記玉藻：「瑜，于」（140頁1行）

案「踰，渝，瑜」三字皆虞韻羊朱切，爲喻四；「于」爲喻三。

16. 孟子告子下：「鹽，炎」（39頁9行）

17. 周禮鹽人：「鹽，炎」（168頁1行）

案「鹽」字余廉切，爲喻四；「炎」字見鹽韻于廉切，爲喻三。

18. 孟子盡心下：「隕，尹上」（41頁6行）

案「隕」字見軫韻于敏切，爲喻三；「尹」字見準韻余準切，爲喻四。「尹」後的「上」字贅加，其他類似的直音都不加「上」字，例如詩經氓（49頁5行），春秋莊公七年（195頁8行），昭公四年（235頁10行），昭公十一年（易隕爲殞，二者同音，239頁9行）

19. 孟子公孫丑下：「域，役」（29頁4行）

案「域」字見職韻雨逼切，爲喻三；「役」字見昔韻營隻切，爲喻四，其他相同的例證還有詩經漢廣（43頁7行），葛生（55頁6行）。

20. 詩經采薇：「役，爲入」（61頁3行）

案「役」字爲喻四；「爲」字見支韵薳支切，爲喻三。

21. 詩經蟋蟀：「聿，云入」（54頁6行）

案「聿」字見術韵餘律切，爲喻四；「云」字見文韵王分切，爲喻三。

22. 詩經四月，「鳶，袁」（68頁1行）

案「鳶」字見仙韵與專切，爲喻四；「袁」字見元韵雨元切，爲喻三。

23. 詩經既醉：「胤，雲去」（75頁8行）

「胤」字見震韵羊晉切，爲喻四；「雲」字見文韵王分切，爲喻三。

24. 尚書禹貢：「兗，遠」（88頁9行）

案「兗」字見獮韵以轉切，爲喻四；「遠」字見阮韵雲阮切，爲喻三。

25. 周禮封人：「壝，位」（170頁7行）

26. 周禮遺人：「遺，位」（171頁2行）

案「壝，遺」二字皆見脂韻以追切，爲喻四；「位」字見至韵于愧切，爲喻三。

27. 詩經谷風：「閱，日」（46頁6行）

案「閱」字見薛韵弋雪切，爲喻四；「日」字見月韵王伐切，爲喻三。

以上的例證，表現了零聲母擴大的第一個階段，雖然在三十字母或三十六字母中已呈現了這個演變，但是古音的時代久遠，早已不可耳聞以證實之，文字上考訂的資料當然就越充實越好，

我們應該不止從一方面來證明某一個古音現象,更應該從不同的角度,不同的資料來觀察,相互印證。所以我們決不能忽視這批材料。

二、喻母與影母相混

1. 論語述而:「厭,炎去」（14頁8行）
2. 春秋文公三年:「厭,炎入」（207頁4行）
3. 孟子離婁下:「饜,炎上」（35頁5行）

案「厭,饜」二字皆見艷韻於艷切,爲影母;「炎」字見鹽韻于廉切,爲喻母。聲調所注不同,是因爲隨字義而破讀的緣故。

4. 論語憲問:「億,亦」（19頁9行）
5. 孟子滕文公下:「抑,亦」（33頁3行）
6. 詩經大東:「挹,亦」（67頁10行）

案「億,抑」二字見職韻於力切,「挹」字見緝韻伊入切,皆影母;「亦」字見昔韻羊益切,爲喻母。類似的例子還見於詩經伐檀（54頁4行）,大叔于田（51頁1行）

7. 論語微子:「枉,往」（22頁4行）

案「枉」字見養韻紆往切,爲影母;「往」字見養韻于兩切,爲喻母。

8. 孟子梁惠王上:「曳,衣去」（24頁10行）
9. 孟子離婁上:「泄,衣去」（33頁7行）
10. 易經睽卦:「曳,伊去」（103頁8行）

案「曳,泄」二字同見祭韻餘制切,爲喻母;「衣」字見微

韵於希切，「伊」字見脂韵於脂切，皆影母。類似的例還見於詩經山有樞（54頁8行）。

11. 禮記曲禮下：「厭，葉」（115頁7行）

12. 孟子告子上：「躍，約」（37頁8行）

13. 易經升卦：「禴，音約」（104頁6行）

案「躍，禴」皆見藥韵以灼切，爲喻母；「約」字見藥韵於略切，爲影母。類似的例子還見於詩經擊鼓（45頁10行）。

14. 孟子告子下：「於，于朱」（38頁9行）

案「於」字見魚韵央居切，爲影母；反切上字「于」爲喻母。

15. 詩經常棣：「飫，余去」（60頁8行）

16. 禮記喪服四制：「傴，余上」（164頁5行）

案「飫」見御韵依倨切，「傴」見麌韵於武切，皆爲影母；「余」見魚韵以諸切，爲喻母。

17. 詩經匏有苦葉：「鷕，杳」（46頁4行）

案「鷕」見小韵以沼切，爲喻母；「杳」見篠韵烏皎切，爲影母。

18. 詩經甫田：「婉，遠」（53頁2行）

案「婉」字見阮韵於阮切，爲影母；「遠」字見阮韵雲阮切，爲喻母。

19. 詩經月出：「懮，酉」（57頁4行）

20. 周禮牧人：「黝，酉，又幽」（170頁9行）

案「懮」字見有韵於柳切，「黝」字於糾切，皆影母；「酉」見有韵與久切，爲喻三。類似的例還有周禮守祧（175頁7

行）

21. 詩經小弁：「隕，蘊」（66頁6行）

22. 詩經七月：「隕，隱」（58頁7行）

案「隕」見軫韵于敏切，爲喻母；「蘊」見吻韵於粉切，「隱」字於謹切，皆影母。

23. 詩經正月：「菀，余物」（65頁1行）

案「菀」見物韵紆物切，爲影母；反切上字「余」爲喻母。

24. 詩經四月：「鮪，委」（68頁1行）

25. 春秋昭公十九年：「洧，委」（243頁10行）

案「鮪，洧」同見旨韵榮美切，爲喻母；「委」見紙韵於詭切，爲影母。

26. 尚書盤庚中：「穢，爲去」（92頁1行）

案「穢」見廢韵於廢切，爲影母；「爲」見支韵薳支切，爲喻母。

27. 尚書康詰：「殪，移去」（95頁5行）

案「殪」見霽韵於計切，爲影母；「移」見支韵弋支切，爲喻母。

28. 孟子衛靈公：「倚，以」（20頁5行）

案「倚」見紙韵於綺切，爲影母；「以」見止韵羊己切，爲喻母，類似的例還見於禮記中庸（156頁3行）。

29. 春秋襄公十一年「蘊，尹」（223頁6行）

案「蘊」見吻韵於粉切，爲影母；「尹」見準韵余準切，爲喻母。

30. 春秋哀公三年：「鬱，聿」（255頁6行）

案「鬱」字見物韵紆物切，爲影母；「聿」字見術韵餘律切，爲喻母。

31. 春秋襄公十年：「抉，越，又決」（223頁1行）

案「抉」見屑韵於決切，爲影母；「越」見月韵王伐切，爲喻母。

三、影母與疑母相混

32. 論語季氏：「樂，咬去」（21頁2行）

案「樂」字見效韵五教切，爲疑母；「咬」字見肴韵於交切，爲影母。

33. 詩經甫田：「嶷，倚」（69頁4行）

案「嶷」見止韵魚紀切，爲疑母；「倚」見紙韵於綺切，爲影母。

四、疑母與喻母相混

34. 經詩七月：「曰，月」（58頁8行）

案「曰」字見月韵王伐切，爲喻母；「月」字魚厥切，爲疑母，類似的例還見於詩經角弓（71頁7行）

35. 詩經長發：「鉞，月」（85頁2行）

案「鉞」與上例「曰」同音。

36. 詩經文王有聲：「垣，元」（74頁9行）

案「垣」見元韵雨元切，爲喻母：「元」字愚袁切，爲疑母，類似的例還有詩經鴻鴈（63頁5行），板（77頁3行），尚書費誓（99頁5行）。

37. 詩經生民：「薉，異」（75頁2行）

案「薉」見祭韵魚祭切，爲疑母；「異」見志韵羊吏切，爲喻母。

38. 詩經綿蠻：「隅，于」（72頁5行）

案「隅」見虞韵遇俱切，爲疑母；「于」見虞韵羽俱切，爲喻母。

以上的三十八條例證顯示了零聲母的範圍包含「喻，影，疑」，正是近代漢語零聲母演化的第二個階段，在這個階段，影母的喉塞音聲母和疑母的舌根鼻音聲母都失落了。

在九經直音裡，「日，微」兩母絲毫不和「喻，影，疑」三母相混，可見零聲母的第三個階段演化在宋代還不曾發生，也就是說，這兩母在宋代仍有個輔音起頭，其音值應當和中原音韵是一致的，日母讀〔ʒ〕，微母讀〔ʋ〕。

九經直音另有幾個濁擦音的字也失落了聲母：

1. 孟子盡心下：「緩，彎上」（41頁8行）

案「緩」字胡管切，爲匣母；「彎」見刪韵烏關切，爲影母。

2. 詩經野有蔓草：「婉，完上」（52頁4行）

案「婉」見阮韵於阮切，爲影母；「完」見桓韵胡官切，爲匣母。

3. 詩經小宛：「完，阮」（66頁2行）

案「完」爲匣母，「阮」字虞遠切，爲疑母。

4. 周禮小司徒：「羨，煙去」（170頁2行）

案「羨」見線韵似面切，爲邪母；「煙」見先韵烏前切，爲影母。

5. 周禮玉人：「羨，延去」（187頁1行）

案「羨」爲邪母；「延」見仙韵以然切，爲喻母。

這五條的匣母本來是舌根濁擦音，邪母本來是舌尖濁擦音，它們既和「影，疑，喻」這批零聲母的字互相注音，可見這幾個濁擦音（緩，完，羨）都讀成了零聲母，濁擦音容易失落，這是古今中外的語言屢見不鮮的現象，不過濁擦音的失落，在宋代只是個別幾個字的特殊變化，並非所有濁擦音都轉成了零聲母否則九經直音所見到的例證必不只這三個字而已。

參考或引用書目

1.大宋重修廣韵（陳彭年，廣文書局）

2.明本排字九經直音（商務印書館）

3.漢語史稿（王力）

4.語言問題（趙元任，商務）

5.語言學大綱（董同龢）

6.中國音韵學研究（高本漢，商務）

7.等韵述要（陳新雄，藝文書局）

8.中原音韵概要（陳新雄，學海出版社）

9.宋代汴洛語音考（周祖謨，輔仁學誌十二卷一、二合

期）

10. 四聲等子音系蠡測（竺家寧，師大國研所集刊17號）

11. 九經直音韵母研究（竺家寧，文史哲書局）

12. 論上古音和切韵音（周法高，香港中文大學中國文化研究所學報第三卷第二期）

13. 漢語音韵史的分期問題（鄭再發，史語所集刊36本）

14. 中原音韵研究（趙蔭棠，國學季刊三卷三期）

15. 從詩集傳音注及叶韵考中古聲母併合情形（許世瑛，許先生論文集，弘道書局）

16. "Language" L. Bloomfield, 1933.

17. "Language Change and Linguistic Reconstruction" H. M. Hoenigswald, 1960.

18. "Historical Linguistics: China" N.C. Bodman, 1967.

19. "Phonology Theory and analysis" L.M. Hyman, 1975.

20. "The Organization of Phonology" S.R. Anderson, 1974.

21. "Historical Linguistics" T. Bynon, 1977.

22. "The Chinese Language" R.A.D. Forrest, 1973.

原刊《中語中文學》第四輯，125-133，韓國漢城。

論皇極經世聲音唱和圖之韻母系統

壹、前　言

　　皇極經世書是北宋邵雍（1011～1077）所作。此書本言數理之學，自帝堯甲辰（2357BC），至五代周世宗顯德己未（959年），天下離合治亂、興廢、得失、邪正之迹，以人事而驗天時，以陰陽剛柔，律呂卦陝，而窮天地萬物之數。全書凡十二卷，第一至第六卷爲「元會運世」，第七至第十卷爲「律呂聲音」，第十一至十二卷爲「觀物篇」。

　　其律呂聲音之部共爲四卷，每卷分四篇，每篇上列「聲圖」下列「音圖」，總共有三十二圖。今本三十二圖之前復有「正聲正音總圖」，乃槩括全書而作，雖非邵氏原文，實爲諸圖之起例，由博返約，比原文明白。

　　圖中所謂「聲」者，韻類也；「音」者，聲類也。每篇之中，以音「和律」，以聲「唱呂」，意思是以律呂相唱和，亦即聲母、韻母相拼合以成字音的意思。

　　圖中又取天之四象——日月星辰，以配平上去入四個聲調；取地之四象——水火土石，以配開發收閉四種發音，則事涉數理，無關體要。各篇之後，又以各種聲音和六十四卦相配合，更

是數術家的牽合比附，沒有任何實質意義。因此，聲音唱和圖具有語音研究價值的材料，只有每篇標題的例字，而這些例字又全部收在「正聲正音總圖」裏，列成了一個十聲、十二音的簡表。我們只需取這些例字加以分析觀察，就能看出宋代語音的大致狀況。

陸志韋先生云：❶

邵氏著書的目的，單在講解性理陰陽。關於音韻的一部分，只是附會術數而已。他的天聲圖、地音圖上都留出好些空位來，以爲語音裏雖然沒有這一類代表的聲音，可是憑陰陽之數，天地之間不可沒有這樣的聲音。

又云：❷

他雖然完全用今音附會術數，倒並沒有用假古音，這是他比等韻更進步的一點。

宋代的等韻圖一方面反映了當時的語音，一方面又有許多因襲早期等韻圖的地方。邵氏的聲音唱和圖如果去掉那些附會術數的部分，倒是不曾受早期等韻圖的影響，所以陸氏說其中沒有「假古音」。

周祖謨先生曾根據聲音唱和圖，發表了「宋代汴語音考」一文❸，提出了許多卓越的見解。李榮先生❹和趙蔭棠先生❺，以及日人藤堂明保先生❻也都對這項材料做過研究。在聲母方面已獲得了圓滿的解釋，本文僅就韻母方面再詳加剖析，略抒愚見，以就教於先進。

貳、韻的編排和入聲的性質

　　邵氏列出了十類韻母，稱爲「一聲、二聲……十聲」，但只前七聲有字，其餘的是爲湊他的「數」理而贅加的，和韻類無關。

　　每聲有四行，每行四字。同一行的字，韻母相同，不同行的字，區別在韻母。

　　各聲的一、二行之間，或三、四行之間的關係是開、合，邵圖稱之爲「闢、翕」。同一行的四個例字，分別是平、上、去、入。有音無字者，以圈塡之。

　　各聲的先後次第，由果假開始，以迄深咸，由開口度最大的韻安排到開口度最小的閉口韻（收-m者），立意甚精。每一聲往往兼括兩攝或三攝，如與宋元韻圖比較，十分吻合。周祖謨說：❼

> 與四聲等子十六攝相勘，則果假合爲一類，宕江合爲一類，梗曾合爲一類，蟹攝之細音復與止攝合爲一類，此與等子及切韻指掌圖並合。

　　圖中最值得注意的，是入聲的配合完全改變了切韻的系統。而以入聲專配陰聲，不配陽聲。宋元等韻圖如等子、指掌圖、切韻指南的入聲都是兼配陰陽。這種改變，表示了入聲性質的變化。趙蔭棠說：❽

> 等子以入聲配陰聲韻，這裏邊也有這種現象。由此，我們可以看見在宋時的北方的入聲已有不若廣韻之配合者。

　　趙氏曾注意這個問題，但沒有指出變化在哪裏。李榮說：❾

> 配陰韻的入聲限於切韻收〔-t〕，〔-k〕的，沒有收〔-p〕的，可見〔-t〕、〔-k〕失落或變成〔-i〕，〔-u〕的

時候，〔-p〕還是保留未變。

周祖謨說：❿

> 至於入聲字，廣韻本不與陰聲韻相承，今圖中於陰聲韻下皆配以入聲，是入聲字之收尾久已失去，以其元音與所配之陰聲相近或相同，故列爲一貫耳。然其聲調當較短較促，自與平上去不同。

李氏、周氏都認爲入聲所發生的變化是失去了輔音韻尾，和陰聲字看法。本文的看法是入聲並未完全失去輔音韻尾，而是弱化爲喉塞音-ʔ韻尾。有兩點理由：其一，如果入聲變得和陰聲字完全相同，則宋代的語音材料必定會跟陰聲同列，混而不分的，但是不論宋代韻圖或邵氏的十聲，都絲毫和陰聲字不相混。所以，這些入聲字後面必定還留有一個輕微的，表現入聲特性的成分，因爲它是個微弱的輔音，所以能和元音相同的陰聲字由於音近而相配，又因爲它後面仍有個輔音存在，所以不和陰聲字相混，它仍需留在入聲的位置上。

其二，從現代入聲的方言分布上看，北方多半已失落入聲，南方則大致保存，夾在南北中間的地區則往往有個喉塞音韻尾，例如吳語就是。地理的分布不是正暗示了歷史的不同階段嗎？像這種活語言留下的痕迹，說明了入聲的韻尾不是一下就失落的，它必有個弱化的過程，宋代正處於這個轉替的階段。

周氏既認爲入聲已失韻尾，又懷疑何以不和陰聲歸併，乃解釋爲「其聲調當較短較促，自與平上去不同」，既言短促，顯然還具有入聲性質，那怎能說是「收尾久已失去」？入聲之短促實由於塞音韻尾促成，如果認爲沒有塞音收尾，勢必要假定這個語

言中有長元音與短元音的對立，這在系統上是很難解釋的。

藤堂明保的「中國語音韻論」也談及這個問題。在其書第四章「資料解說」的第一項「文獻資料」韻圖類（Ｃ）皇極經世（七聲十二音）聲音倡和圖中，例出該材料的主要特色有六，其中第一至四論聲母。末兩條論韻母。其第五條云：入聲韻尾的／-p、-t、-k／已消失，成爲一聲門閉鎖的／-./型式，與指掌圖相同。例如「六」1jənow、「玉」ŋjow、「德」təj、「北」pwəj、「岳」ŋjaw、「霍」hwaw等入聲字皆以-j、-w收尾。

可惜他對這個問題只三兩句話輕輕帶過，未加進一步討論。同時沒有交代的很清楚，一方面說有個「聲門閉鎖」，一方面擬音卻加上了半元音韻尾-j和-w。

陸志韋「記邵雍皇極經世的天聲地音」論入聲字的韻母狀況說：⓫

> 他（邵雍）的大膽的改革一定根據某種語音的變化。看來
> 唐朝的塞而不裂的收聲implosive -p、-t、-k已經變近乎元
> 音的收聲了。

陸氏也相信塞音韻尾已消失，但是他又爲聲音倡和圖的入聲擬了兩種韻尾：ʮ、ɦ。例如前者加在第五聲的入聲「日、骨、德、北」之末；後者加在第四聲的入聲「岳、雀、六、玉」之末。而第一聲的入聲「舌、八」，他卻加上個-ʔ。這樣，變成了三種入聲（另外，陸氏還保留了原有的－p，則有四種入聲了。）

陸氏的看法是值得商榷的，第一，中古的入聲韻尾-p、-t、-k應當是逐漸的減少，以至於消失，才合音變的常理，何以到了

宋代反而變得更複雜了？第二，由╱-t、-k╱轉爲╱-u、-ɦ╱在音理上如何說明，也是難以交代的。而「岳」等本來收-k的字變成收-ɦ，「北」等本來也是-k收的字卻變成收-u，語音由一類分化爲兩類當有促成分化的條件存在，-k之分成兩種，其演化條件〔conditioned changes operating in specific phonetic environments〕⓬又在哪裏呢？第三，像-ɦ、-ʮ，這樣偏僻的音，在現存各方言中簡直無法獲得印證。如果古代有過這樣的音，而且就在並不很古的宋代，怎麼沒有一個方言留下點痕迹呢？

參、各「聲」韻母分論

以下分別討論各類韻母（各例字下注明所騷之韻）：

一、聲 一

　　多（歌）可（哿）个（箇）舌（鎋）

　　禾（戈）火（果）化（禡）八（黠）

　　開（咍）宰（海）愛（代）○

　　回（灰）每（賄）退（隊）○

　　按第一、二行包含了「歌戈麻」（舉平以賅上去，下同）三韻字，相當於等韻圖的「果假攝」。入聲「舌、八」本是收╱-t╱的字，屬山攝的入聲。今與果攝相配，其韻尾當已弱化爲╱-ʔ╱。

元音方面，周祖謨說：⓭

由禡韻化字之與戈果二韻字並列，及以點韻八字相承一事
觀之，可知北宋洛陽歌戈二韻仍讀a、ua，與切韻相同。
及至等子與元劉鑑切韻指南以鐸韻爲歌韻之入聲，其音始
變。即讀爲o，uo二音。又圖中一等韻既多與二等韻並
列，可知一二等已無分野。

　　周氏的看法很有道理。第一二行的韻母應當是a、au。至於
第三四行包含了「咍、灰」韻的字。相當於韻圖的蟹攝。從歷史
上看，其韻母類型爲ai、uai。現代國語的讀法，開口的第三行保
持不變，合口的第四行則發生了語音的同化作用（
assimilation），uai→uei的主要元音受了前後兩個鄰音的共同影
響，發音部位升高了。開口之所以不變，是因爲主要元音並沒有
夾在高元音的中間，自然不會受影響。

二、聲　二

　　　　良（陽）兩（養）向（漾）○
　　　　光（唐）廣（蕩）況（漾）○
　　　　丁（耕）井（靜）亘（嶝）○
　　　　兄（庚）永（梗）瑩（徑）○

　　按第一二行是「陽、唐」韻的開、合兩類字。相當於韻圖的
宕江攝。圖中雖然不見江韻字，可是宋代韻圖有宕江合攝的趨
向，同時，由聲四第一二行的覺（江韻入聲）、鐸（唐韻入聲）
並列，亦說明邵氏的系統也已經宕江合一了。

　　這兩行的韻值應該是aŋ、uaŋ，和今日的發音一樣，一開一
合。

第三四行是「耕、庚、清、青、登」諸韻字的開口、合口字，相當於韻圖的曾梗攝。曾梗合攝是宋代韻圖的普遍現象。

這裏的四行字全不配入聲，是因爲屬陽聲韻的緣故，邵圖中陽聲字（-m除外）一律不配入聲。所以這裏在入聲的位置以圈填之。

第三四行的韻值是əŋ、uəŋ。

三、聲 三

千（先）典（銑）旦（翰）○

元（元）犬（銑）半（換）○

臣（眞）引（軫）艮（恨）○

君（文）允（準）巽（慁）○

按第一二行包含「寒桓元先」諸韻字，相當於韻圖山攝的開、合兩類字。元韻字的歸屬周祖謨曾討論說：❹

> 舊韻元韻與魂痕爲一類，今依圖當在山攝無疑。劉氏切韻指南云：元韻當與仙韻通押，不當合入魂韻。今由圖觀之，元之入仙自北宋已然矣。

本圖的「元」字和先韻上聲的「犬」字同列，而先、仙是一類的，所以周氏說「元之入仙自北宋已然」。

第一行有細音的「千、典」，有洪音的「旦」；第二行有細音的「元、犬」，有洪音的「半」，邵雍是不區別洪細的，洪細的字可以混雜在同一行裏。

這兩行的韻值是an、uan。今日國語的讀法，主要元音凡遇細音時，發音部位因同化作用而升高了。所以「千、典、元、

犬」的主要元音是e。

第三四行包含「眞諄文魂痕」諸韻字,相當於韻圖的臻攝。其韻值是ən、uən。央元音是個弱音,所以凡是央元音做主要元音的,到後世很容易失落,像這裏的「君、引、允、巽」等字,以及「聲二」的「丁、井、瑩」等字皆然。

四、聲 四

刀（豪）早（皓）孝（效）岳（覺）

毛（豪）寶（皓）報（號）霍（鐸）

牛（尤）斗（厚）奏（候）六（屋）

○ ○ ○ 玉（燭）

按第一二行是「肴、豪」韻字,相當於韻圖的效攝。圖中由於例字數目的限制,雖無「蕭、宵」韻字,當亦包含其中。

依邵圖的體例,第二行當係合口字,但效攝爲「獨韻」,無合口,從音理上言,效攝已有-u韻尾,由於異化作用（dissimilation）,就不可能再有個-u-介音,所以第二行邵氏只好拿幾個脣音字來塡空位,因爲這幾個字的發音部位在「雙脣」,和合口的「圓脣」有些近似。如只就韻母而言,一二行皆爲一類,並無區別,都是au。

入聲「孝、霍」周氏擬爲ɔ、uɔ,本文認爲其後當有一喉塞音韻尾,說已見前。入聲ɔʔ類與效攝的au類發音相近,故能相配。

考宕江攝的發展,切韻時代它們有ɑŋ（陽唐）、ɔŋ（江）的不同,中古後期它們併爲aŋ一類,但是入聲字卻是循ɔk→ɔʔ發

展的。因此，在宋代韻圖中，「藥鐸覺」轉而和相近的陰聲韻效攝相配，在韻圖中雖也配「陽唐江」韻字（所謂兼配陰陽），但那是沿襲傳統的排列而已，只是形式上的，邵圖把這種形式上的配合也刪去了，所以只配陰聲。

陸志韋這裏的入聲和「聲一」的入聲都沒有擬訂出主要元音來。

第三四行包含「尤、侯」韻字，相當於韻圖的流攝。流攝也是個獨韻，以–u收尾，所以沒有合口，邵圖第四行乃空出，以圈填之。

其主要元音周氏擬爲／o／，但爲整個系統的簡化，不若擬爲／ə／，和聲二、聲三、聲五的三四行屬同類。

周氏認爲這類字的非系，受同化作用的影響，韻母變成／u／。但例字中並無跡象，看不出有周氏所說的這些情況，就邵圖而論，仍以／əu／的假定爲宜。

入聲「六、玉」二字本爲通攝字的入聲，是獨韻，不分開合，主要元音應是u。但「玉」字置合口的位置，不像平上去聲空出，必有所區別，很可能是iu。它們後頭都有喉塞音韻尾。周氏「玉」字擬爲／y／，是發生脣化作用之後的讀法，宋代是否到達這個階段，無法證實。

陸氏把「玉」字擬爲／iuoɦ／，佔了四個音位，當時是否還有這樣複雜的韻母，不無疑問。

五、聲　五

妻（齊）子（止）四（至）日（質）

衰（脂）○　　帥（至）骨（沒）

○　　○　　○　　德（德）

龜（脂）水（旨）貴（未）北（德）

按這四行當合起來看，包含了「之脂微齊」諸韻字，相當於韻圖的止、蟹兩攝。周祖謨說：❶

考蟹攝之細音與止攝相合實自宋始。

事實上除了細音的合流外，兩攝的洪音也有合流的。止攝本無洪音，可是後世有許多字轉爲洪音，例如圖中的「衰、帥、龜、水」皆是。

就韻值言，本圖當爲əi、uəi兩類，一三行爲開，二四行爲合。

周氏擬了一套舌尖韻母，他說：❶

圖中止攝精組字皆列爲一等，其韻母必由i變而爲ɿ，同時知組字亦必變而爲ʅ，故今擬爲i、ɿ、ʅ三類。

周氏又把「衰帥」擬爲ui，把「龜水貴」擬爲uei。這樣的系統有幾點值得深究：其一，同一行中竟然有i、ɿ、ʅ三種不同的韻母，包含了舌面元音與舌尖元音，其性質殊異，邵氏是否可能把它們看成一樣而置於同列？況且周氏的文中，其他各聲他從不認爲一行可以允許多種不同的韻母，邵圖的基本原則正在同一行爲同一韻母的平上去入字，因此周氏的擬音既與自己的體例不一致，也和邵圖的原則有出入。其二，一二行的區別既在開合，第二行的ui如何和第一行的舌尖元音配開合？舌尖元音通常是沒有合口的讀法，如果第一行果眞是舌尖元音，第二行相對的位置邵氏必會把它空出才合理。其三，「衰帥」既是ui，對切韻音而

言，可以說是失落了中間的主要元音（董同龢把脂韻字擬爲uei
型、陸志韋、周法高同），可是，現代音讀uai韻母，何以中間
又長出了個主要元音？主要元音忽有忽無，似不合音變常例。其
四，中古晚期韻母系統趨向簡化是一般古音學者所承認的，而周
氏有／ui／，又有／uei／，這種相近類型的對立（contrast）是
否使系統太過繁瑣累贅呢？其五，有了合口的uei，竟無開口的
ei（周氏只爲入聲「德」字留了個ei），似也有不妥。在漢語
中，無論古今方言，凡有uei，總少不了有個ei相對，uei既普遍
見於平上去入四聲（邵圖四處皆有字），ei就不應只見於入聲。

　　陸志韋擬爲i（ui）、ei（uei），除了不設舌尖韻母外，其值
得商榷之處和周氏相同。陸氏也覺得這樣的擬音不夠圓滿，所以
他說：**⑰**

　　　　第五聲的龜水貴北，他們的實在音色的分別恐怕不見得是
　　　　這樣簡單的……第五聲的i何以配ei……這裏面也許有天地
　　　　陰陽的奧密，不是粗淺的音理所能解釋的了。

　　本文把第五聲的韻母假定爲əi　uəi兩類，這些問題都能迎
刃而解了。或云：其他各聲都有四類韻母，何以本聲只有兩類？
此實牽涉前述蟹、止二攝合流的問題，在宋代，這已是一個普遍
的現象，例如四聲等子、切韻指掌圖都可以看出來。同時，聲四
和聲七不也是只有兩類韻母嗎？或云：第五聲既以ə爲主要元
音，則所擬系統中，何以無i做主要元音者？的確，依照本文的
系統，只有əa u三種主要元音，而通常最普遍的基本元音是i a u
三個。美國著名的語言學家Sanford A. Schane說：**⑱**

　　　　The vowel i, a, and u, found in practically all languages, are so common that we shall refer to them as the basic three-vowel pattern. Some languages having only these three as vowel phonemes are Eskimo and some Arabic dialects. In Russian only i, a, and u occur in unstressd syllables. Jakobson has claimed that i, a, and u universally are the first vowel phonemes to appear in the speech of children.

實際上，əi韻母中的央元音是個弱音（像英語中，它就從不出現在重音節裏），在發音時，əi與i二者既無音任上的對立，那麼，我們不也可以把əi韻母看成和schane所說的i是一回事嗎？只是在音系的描述（description)上，əi型式能使系統簡單一些。

至於演變的問題，這些字在切韻時代本是細音，後來有些轉爲洪音。藤堂明保云：❶❾

> 龜、水、貴爲止攝合口字，韻鏡見於二四等拗音，皇極經世聲音圖失其拗音性，此爲古官話之特色，如龜、貴kwəj，水srwəj。（按此所謂拗音即指細音）

宋以後的演化是：əi→i，一部分再轉爲舌尖元音。uəi→uei、uai，這兩種不同但近似（只央元音改變）的演變結果是由於方言的轉化。

入聲的音值，「日」是iə （←iet ），和平上去əi的音近相配，因爲這兩種韻母中的央元音和喉塞音成分都是弱勢音，它們的發音都著重在i上。「骨」是uəʔ，和平上去的uəi相配。「德、北」都是əʔ，由於「北」爲唇音，和合口字發音近似，所以放在合口的位置上，以之和uəi類字配爲一組。

陸氏的入聲擬音和平上去相配的狀況是：

平上去 i ：入聲日 i ų

ui ： 骨 u ų

ei ： 德 e ų

uei ： 北 we ų

固然配合上，音也近似，但入聲韻尾缺乏佐證，已見前論，而「北」無論在切韻時代❷或現代國語都不是合口。「日：骨」的關係也失去了邵圖原有的開：合區別。

六、聲 六

宮（東）孔（董）衆（送）○

龍（鍾）甬（腫）用（用）○

魚（魚）鼠（語）去（御）○

烏（模）虎（姥）兔（暮）○

按第一二行包含「東鍾」韻字，相當於韻圖的通攝。通攝是獨韻，不分開合。那麼一二行的區別何在？周氏認爲是洪細的不同。他說：❹

> 由侯韻尤韻之唇音字與魚虞模三韻協韻一事觀之，似以擬爲ung、yng、y、u較妥。

首行的「宮衆」本爲細音，今日讀爲洪音，這種變化在宋代就已產生，這是很可能的。不過，其他各聲既以開合畫分，此處獨以洪細區別，似與邵圖原定之「闢翕」不合，闢翕的含意不應既指開合，又指洪細。同時，依周氏的擬訂，前兩行是先洪後細，後兩行是先細後洪，邵圖的體例當不致如此漫無標準。

倒是陸氏的看法較能說得圓滿，就是把一二行擬爲oŋ、uoŋ。他說：❷

> 從這第六聲的分配看來，邵氏方言的東冬韻系的主元音是o，像現代吳音似的，而魚韻系的主元音也還得從切韻作o。

第三四行包含「魚模」韻字，相當於韻圖的遇攝。比照前兩行，其音值是o，uo。這類字中當然會有一些細音字，像鍾韻、魚韻，但不是邵圖分類的依據。

七、聲 七

心（侵）審（寢）禁（沁）〇
〇　　　〇　　　〇　　　十（緝）
男（覃）坎（感）欠（梵）〇
〇　　　〇　　　〇　　　妾（葉）

按第一二行爲侵韻字，相當於韻圖深攝，第三四行包含「覃凡鹽」韻字，相當於韻圖咸攝。

本圖都是收-m的陽聲韻和收-p的入聲字相配，不像收-t、-k的字和陰聲字相配，說明了-p韻尾還和切韻時代一樣，一直保留到宋代。這種現象也見於四聲等子❷，可知是宋代的普遍狀況。

收-m尾的字在切韻時代只有凡韻（字很少）是合口，後來都因異化作用而轉爲開口。所以本圖實際上是不該有合口的，合口位上的「十、妾」都是開口字，它們和一二行的字相承，由它們互補的分配狀況就可以看出，一二行本該作一行的，三四行也

該併爲一行的，可是前面各聲既都分爲四行，邵氏又要配合他的「數」理，必得分爲四行，從語音研究的觀點，作兩行看即可。

第一二行的韻值是əm－əp，第三四行是am-ap。周氏把一二行擬作im－ip，本文之所以未採用，是因爲主要元音ə可以和其他各聲的ə構成一個整齊的體系（例如第二、三、四、五皆有央元音韻母存在）。因爲這個ə和i並無音位上的對立，同時i又是個基本元音，實際發音上未嘗不可以i的音值出現。

至於宋代的-p韻尾何時才消失，周氏說❷

雍丘宋庠登大明寺塔詩曾與山臻兩攝入聲字相協（見宋元憲集二）。其尾音-p蓋亦逐漸失落，惟此例甚少，未敢確定耳。

以下的第八聲、九聲、十聲全是黑圈，不見一字。邵雍自己解釋說：「太陽之數十，少陽之數十，太剛之數十，少剛之數十，不得不有此佈局。」可知還是爲了遷就他的數理之學，和語音無關。

肆、結 論

總結以上所論十聲的系統，可以列成下表：

聲一	一二行	**果假**	a，ua（aʔ,uaʔ）
	三四行	**蟹**	ai，uai（無入聲）
聲二	一二行	**宕江**	aŋ，uaŋ
	三四行	**曾梗**	əŋ，uəŋ
聲三	一二行	**山**	an，uan

	三四行	**臻**	əŋ，uəŋ	
聲四	一二行	**效**	au	（ɔ？，uɔ？）
	三四行	**流**	əu	（u？，iu？）
聲五	一二行	**止蟹**	əi，uəi	（iə？，u？）
	三四行	**止**	uəi	（ə？，〔p〕ə？）
聲六	一二行	**通**	oŋ，uoŋ	
	三四行	**遇**	o，uo	（無入聲）
聲七	一二行	**深**	əm	（əp）
	三四行	**咸**	am	（ap）

這個表有幾項說明：

⑴陰聲除了蟹、遇兩攝外，皆配入聲。

⑵陽聲只有深、咸配入聲。

⑶入聲擬音的問題較複雜，各材料所顯示的狀況很不一致，本文所擬只是個大致輪廓，其分合演變的結節，還得專文討論之。

⑷邵圖基本上都分闢翕（開合）的，只有聲的入聲「六、玉」二字皆屬合口。

⑸細音的介音大都省略不寫，因爲邵圖的主要著眼點不在分洪細。

⑹韻母正好是七類陰聲，七類陽聲。

⑺主要元音只有a、ə、u三類（如不計入聲ɔ？），可再列一簡表如下（入聲不在內。表中數字爲第幾「聲」，一二行以A表示，三四行以B表示。）：

韻尾 主要之音	ŋ	-n	-m	-u	-i	Φ
a	2A 宕江	3A 山	7B 咸	4A 效	1B 蟹	1A 果假
u （或o）	6A 通					6B 遇
ə	2B 曾梗	3B 臻	7A 深	4B 流	5AB 止蟹	

(8)元音u與o不妨可視爲一類，其間沒有音位上的對立存在，只是爲了說明開、合的分配，在第六聲中寫作O。

(9)同樣的，5A 7A的ə元音和i也不是對立的。它們也不妨視爲同類。

(10)這樣的系統，還可以獲得宋代其他語音史料的印證，例如四聲等子❷、九經直音❷等。

筆者由於興趣的牽引，故接觸了一些古音的問題，也產生了一些自己的看法，但是筆者對於語音學方面學習的不夠，對於古籍的材料也未能確切掌握，所以有些看法和見解未必稱得上是成熟的，其中妄誕之處一定還很多。筆者之不敢藏拙，原冀能起一些拋磚引玉的作用，使筆者的研究有可能在現有的基礎上，更進一步。尚希先進前輩不吝賜教，予以匡正。

附 註

❶ 見燕京學報第三十一期,「記邵雍皇極經世的天聲地音」第七十一頁。

❷ 見前文第八〇頁。

❸ 見問學集,河洛出版社,68年9月。原作發表於1942年4月。

❹ 見切韻音系一書165頁至173頁「皇極經世十聲十二音解」。鼎文書局,62年10月。

❺ 見等韻源流一書84頁至92頁。文史哲出版社,63年2月。

❻ 見中國語音韻論一書,1957年東京江南書院刊行。第115頁至118頁。

❼ 見問學集第600頁。

❽ 見等韻源流86頁。

❾ 見切韻音系169頁。

❿ 見問學集第600頁。

⓫ 見該文第75頁。

⓬ 見Theodora Bynon "Historical Linguistics" Cambridge Textbooks in Linguistics, 1977。第28頁 "Sound Change"。

⓭ 見問學集600頁。

⓮ 見問學集601頁。

⓯ 見問學集601頁。

⓰ 見問學集602頁。

⓱ 見記邵雍皇極經世的天聲地音第74頁。

⓲ 見Generative Phorology 一書第10頁,海國書局翻印,1973年版。

⓳ 見中國語音韻論第117頁,第六條。

㉑　「北」字見韻鏡第四十二轉開口脣音位置。

㉑　見問學集602頁。

㉒　見記邵雍皇極經世的天聲地音第74頁。

㉓　見拙著四聲等子音系蠡測，師大國文研究所集刊，第17期，62年6月。

㉔　見問學集602至603頁。

㉕　見拙著四聲等子的音位系統，木鐸第五、六合刊，66年3月。

㉖　見拙著九經直音韻母研究一書，文史哲書局印行，69年11月。

原刊《淡江學報》第20期，297-307，臺北。

宋代語音的類化現象

壹、前　言

　　漢語語音的演變，有時不是由「音」本身所引發的，而是受了字「形」類似的影響，我們可以稱之爲「字形的類化音變」。這種演化方式是印歐語言絕不會發生的，唯獨使用方塊字的漢語才能見到。這種現象筆者已於「漢語音變的特殊類型」（刊於學粹第十六卷第一期，民國六十三年三月一日出版）一文中，詳加論述。

　　現代國語裏，這種情形十分普遍。其實，這就是平常所謂的「有邊讀邊」，日久而積非成是了。由此說來，「有邊讀邊」竟還是個支配漢語音變的重要原動力。舉例說，「溪」字依廣韻齊韻，章「苦溪切」，正常的演化結果，現代國語應該是念作「欺」，但是平常我們卻唸成「西」。這是因爲受了偏旁（聲符）「奚」字的影響。其他如「恢」本讀爲「盔」、「莘」本讀爲「申」、「荀」本讀爲陰平、「摧」本讀爲陽平等等，都是受聲符影響而改變了音讀。又如「側」本讀爲「仄」、「熒」本讀爲「刑」、「竣」本讀爲「群」平聲、「姍」本讀爲「三」等等，則是受字形相近的其他字影響，而改了原有的音讀。凡此諸

例，即本文所稱的「類化作用」。

類化作用在宋代的九經直音中就已經存在，可見這種現象是一直活躍在漢語歷史中的。以下我們就把這些例子列舉出來，並分爲兩類討論。第一，直接的類化，是說原本不同音的兩字，由於具有相同的聲符，而變讀爲同音。第二，間接的類化，是說某字受另外一些字的影響而改變了音讀，而這些字在字形上總有一些關聯。

貳、直接的類化

1. 論語鄉黨：「閾，域」

案「閾」字見廣韻入聲職韻況逼切；「域」字見職韻雨逼切。一是曉母，一是喻三。在宋代的九經直音裏，把這兩字視爲直音，也就是看成了同音字。爲什麼原本聲母不同的字會看成同音呢？這是由於二字聲符相同，都是「或」字，所以「有邊讀邊」，在當時必普遍的「積非成是」了。

至於說，這兩字都變成了況逼切呢？還是都成了雨逼切？我們可以由兩方面來判斷：第一，兩字中，「域」字是個較常用的字，它的讀音較爲人們所熟悉。第二，從「或」得聲的字大部分都是「雨逼切」，例如「蜮、棫、淢、緎、瑊、魆」等字。因此，我們可以推測，是「閾」字的讀音被「域」字類化了。當然，我們也不能排除另一種可能性，就是二字都受了偏旁「或」的類化，讀成了「胡國切」。

不過，它的讀音在此是個次要問題，主要的，這個例證提示

了我們，字形的類化音變在宋代就存在了。

以下各組直音資料，皆見於商務印書館「明本排字九經直音」中。

2. 論語憲問：「脛，徑」

案「脛」字見徑韻胡定切；「徑」字見徑韻古定切。一爲匣母，一爲見母。兩字聲母不同，這裏卻視爲同音，若依前條所假定的標準來看，很可能是「脛」字受了「徑」字的類化，都讀成了古定切。驗之於現代國語，正是把「脛」唸成了「徑」。由此例，我們可知其類化的發生，可遠溯到宋代。

3. 孟子題辭：「沮，阻」

案「沮」字見語韻慈呂切；「阻」字見語韻側呂切。一爲從母，一爲照二，聲母不同。由於它們都以「且」爲聲符，在直音中乃相互注音，類化成同音字。在宋代，它們的唸法很可能是個舌尖面不送氣清塞擦音聲母。

4. 孟子梁惠王上：「贍，蟾去」

5. 孟子公孫丑上：「贍，蟾去」

案「贍」字見艷韻時艷切；「蟾」字見監韻職廉切。一爲禪母，一爲照三，聲母不同。由於二字都以「詹」爲聲符，乃類化爲同音。

6. 孟子梁惠王下：「招，韶」

案「招」字見宵韻止遙切；「韶」字見宵韻市昭切。一爲照三，一爲禪母，聲母不同。由於二字都以「召」爲聲符，乃類化爲同音。

7. 孟子公孫丑上：「惻，側」

8. 孟子告子上:「惻,側」

案「惻」字見職韵初力切;「側」字見職韵阻力切。一爲穿二,是送氣音,一爲照二,是不送氣音,聲母本不相同。而從「則」得聲的字,如「測、廁」等,多屬送氣音,所以本不送氣的「側」字也跟著讀成了送氣音,跟「惻」字成了同音字。由此例可知「側」字的積非成是在未宋代就已經產生了。

9. 孟子公孫丑下:「濡,需」

案「濡」字見虞韵人朱切;「需」字見虞韵相俞切。一爲日母,一爲心母,聲不相同。但由於「濡」字從「需」得聲,因而類化爲同音。

10. 孟子萬章下:「摽,標」

案「摽」字見宵韵撫招切;「標」字見宵韵甫遙切。一爲敷母,一爲非母,聲不相同。由於二字都以「票」爲聲符,乃類化爲同音。

11. 孟子盡心上:「晬,粹」

案「晬」字見隊韵子隊切;「粹」字見至韵雖遂切。一爲精母,一爲心母,聲不相同。由於二字皆以「卒」爲聲符,故類化爲同音。

12. 詩經六月:「穫,護」

案「穫」字見麥韵胡麥切;「護」字見暮韵胡誤切。二字之韵母與聲調皆不相同,由於其聲符相類似,故演變爲同音字。

13. 詩經小明:「蹙,促」

案「蹙」字見屋韵子六切;「促」字見燭韵七玉切。一爲精母,一爲清母,聲不相同。由於聲符皆爲「足」,故類化爲同

音。

14. 詩經宛央:「秣,妹」

案「秣」字見末韵莫撥切;「妹」字見隊韵莫佩切。二字之韵母與聲調(一爲入聲,一爲去聲)皆不相同。兩字因形近而類化爲同音。

15. 詩經桑柔:「兄,況」

案「兄」字見庚韵許榮切;「況」字見漾韵許訪切。二字之韵母與聲調(一爲平聲,一爲去聲)皆不相同。由於「況」從「兄」得聲,故類化爲同音。

16. 尚書武成:「駿,峻」

案「駿」字見稕韵子峻切;「峻」字見稕韵私閏切。一爲精母,一爲心母,聲母不同。由於二字聲符一致,乃類化爲同音。

17. 周禮夏采:「綏,綏」

案「綏」字見脂韵儒佳切;「綏」字見脂韵息遺切。一爲日母,一爲心母,聲母不同。兩字因形近而類化。

18. 禮記月令季夏:「螢,營」

案「螢」字見靑韵戶扃切;「營」字見淸韵余傾切。二字之聲母(一爲匣母,一爲喻四)與韵母都不同,由於字形類似而變爲同音。

19. 周禮草人:「渴,竭」

案「渴」字見曷韵苦曷切;「竭」字見月韵其謁切。二字聲母(一爲溪母,一爲群母)與韵母都不同,但聲符都是「曷」,故類化爲同音。

20. 禮記儒行:「謙,慊」

　　案「謙」字見添韻苦兼切；「慊」字見添韻戶兼切。一爲溪母，一爲匣母，聲母不同。由於二字都從「兼」得聲，故類化爲同音。

　　21.　周禮條狼氏：「條，滌」

　　案「條」字見蕭韻徒聊切；「滌」字見錫韻徒歷切。二字之韻母與聲調（一爲平聲，一爲入聲）都不同，由於「滌」從「條」得聲，故變爲同音。

　　22.　孟子題辭：「絀，出」

　　案「絀」字見術韻竹律切；「出」字見術韻赤律切。一爲知母，一爲穿三，聲母不同。由於「絀」從「出」得聲，故生類化。

　　23.　孟子公孫丑上：「艴，浡，又弗」

　　案「艴、浡」同見沒韻蒲沒切；「弗」字見物韻分勿切。聲母（一爲並母，一爲非母）與韻母皆不同，由於本字從「於弗」得聲，所以在正規的「蒲沒切」讀音之外，還有一個「有邊讀邊」的類化音讀。

叁、間接的類化

　　24.　孝經卿大夫章：「懈，諧去」

　　案「懈」字見卦韻古隘切；「諧」字見皆韻戶皆切。二字的聲母（一爲見母，一爲匣母）與韻母都不相同。然而「懈」字受形體相近的「解、邂」（卦韻胡懈切）影響，聲母類化成了匣母（在宋代很可能變成清擦音）。因此這裏才用匣母的「諧」來

注音。

另一個可能是「譜」字受了諧聲偏旁「皆」（古諧切）的影響，類化爲見母字，因而和見母的「懈」同音。不過，今日國語之讀「懈」爲擦音，當以前一假設之可能性爲大。總之，可斷言者，此項直音必爲類化作用之結果，是爲本文主要之著眼處。

至於二字之韻母，廣韻早已注明「皆、佳」同用，宋代平水韻已併爲一韻。則與類化音變無關。

此類直音，兩字間之形體並無直接相似之處，由不同音變爲同音，乃受第三者之類化而然，故謂之「間接的類化」。

25. 論語先進：「攝，蟾入」

案「攝」字見葉韻書涉切；「蟾」字見鹽韻職廉切。一爲審三，一爲照三，聲母不同。此視之爲同音，蓋「攝」字受葉韻之涉切的「囁、懾、讘」等字類化，此等字之聲母正與「蟾」相同。

26. 孟子梁惠王下：「戢，集」

案「戢」字見緝韻阻立切，「集」字見緝韻秦入切。一爲照二，一爲從母，聲母不同。但與「集」同音之「輯、檝、篿」等字，聲符與「戢」正屬一類，故「戢」字受類化變爲照二。

27. 孟子滕文公上：「契，先入」

28. 春秋文公二年：「契，屑」

29. 禮記禮運：「契，屑」

30. 尚書舜典：「契，息列」

案「契」字見屑韻苦結切；用爲注音之「先、屑」及反切上字「息」皆爲心母字。考「屑」之同音字有「楔、偰、揳」等，

正以「契」爲聲符，聲旁既類似，「契」乃受類化轉爲心母字。

31. 孟子萬章上：「懟，頹去」

案「懟」字見至韵直類切；「頹」字見灰韵杜回切。二字之聲母（一爲澄母，一爲定母）與韵母皆不相同。但「懟」字受隊韵端母之「對」之類化，而「頹」在宋代亦發生聲母清化，故兩字可用爲直音。

32. 詩經珉：「葚，深上」

案「葚」字見寢韵食荏切；「深」字見侵韵式針切。一爲床三，一爲審三，聲母不同。考「葚」之聲符「甚」字屬寢韵常枕切，爲禪母三等字，宋代因濁音清化而讀與審三同。可知「葚」實受「甚」之影響類化而與「深」構成直音。

33. 詩經載驅：「瀰，尼上」

案「瀰」字見紙韻綿婢切；「尼」字見脂韵女夷切。一爲明母，一爲娘母，聲母不同。至於韵母，宋代支（紙）、脂並無不同。

由於「瀰」字受「禰、濔、嬭」（薺韵奴禮切）的類化，聲母變成和「尼」相同，都是舌尖鼻音。

34. 詩經葛屨：「隘，矣去」

案「隘」字見卦韵烏懈切；「矣」字見止韵于紀切。二字的聲母雖有影母與喻三之別，但此二母在宋代皆已成爲零聲母（見拙著「近代漢語零聲母的形成」一文，中語中文學第五輯，1982韓國中語中文學會）。故此二字之不同只在韵母（一爲卦韵，一爲止韵）。此例既爲直音，則二字連韵母亦無區別矣。蓋當時「隘」字受眞韵於賜切之「縊、殪、螠」等字類化，韵母轉成支（

實）的讀法，和之（止）韻在宋代是無分別的。

35. 詩經揚之水：「皓，高上」

案「皓」字音胡老切；「高」字見豪韻古勞切。一爲匣母，一爲見母，聲母不同。「皓」字的讀音受其聲符「告」（號韻古到切）的類化，故聲母變爲與「高」無別。

36. 詩經皇矣：「檿，啖」

案「檿」字見琰韻於琰切；「啖」字見敢韻徒敢切。二字聲母（一爲影母，一爲定母）與韻母皆異。然而「啖」字受琰韻以冉切之「琰、棪、跰、剡」諸字影響，類化爲同音。韻母既和「檿」相同，聲母也因宋代之影，喻無別而與「檿」相一致。

37. 尚書堯典：「績，精入」

案「績」字見錫韻則歷切；「精」字見清韻子盈切。二字之韻母本有三、四等之異，但由於「績」字受昔韻「積」字之類化，由四等變爲三等，故成「精入」。

38. 尚書盤庚下：「沖，充」

39. 尚書金縢：「沖，充」

案「沖」字見東韻直弓切；「充」字見東韻昌終切。一爲澄母，一爲穿三，聲母不同。然而「沖」字受東韻敕中切「忡」之類化，讀爲徹母，故與「充」同音（宋代徹、穿三已有併合之迹象。參考拙著「九經直音知照系聲母研究」，東方雜誌14卷7期，1981年）。

今日國語讀「沖」爲陰平調，而不似其他濁聲母之變爲陽平，亦可證「沖」字之讀音曾受「忡」之類化。

40. 易經繫辭上：「籍，在夜」

案「籍」字見昔韵秦昔切，與此條所注之反切「在夜」無論韵母、聲調（一爲入聲，一爲去聲）皆不合。蓋受形近之「藉」（禡韵慈夜切）字類化，故本條得以用「在夜」爲切。

41. 周禮大司徒：「斷，煅」

案「斷」字見換韵丁貫切；「煅」字見禡韵呼訝切。二字聲母（一爲端母，一爲曉母）與韵母皆不同。考「煅」字實受「鍛、瑕、碫、腶」等字（音丁貫切）之類化，乃與「斷」字變爲同音。

42. 禮記王制：「馘，國」

案「馘」字見麥韵古獲切；「國字」見德韵古或切。二字韵母不同。但「國」字受與「馘」同音之「蟈、幗、摑、嘓」等字類化，故「國、馘」成爲同音字。

43. 禮記月令季夏：「蟋，先入」

案「蟋」字見質韵息七切，「先」字見先韵蘇前切。二字韵母不同。考「蟋」字與「先入」之「侁、詵」沁字諧聲偏旁類似，故類化爲先之入。

44. 禮記禮運：「獲，皇入」

案「獲」字見麥韵胡麥切；「皇」字見唐韵胡光切。二字韵母不同類。由於「獲」字受鐸韵匣母「穫」之類化，遂得以「皇入」爲其音注。

45. 春秋襄公二十四年：「浚，浸」

案「浚」字見稕韵私閏切；「浸」字見沁韵子鴆切。二字聲母（一爲心母，一爲精母）、韵母皆不相合。蓋「浚」字受稕韵精母「俊、駿」等字之類化，而「浸」字之收尾輔音又由雙唇轉

成爲舌尖（-m→-n爲漢語韻尾演化之常例），故二字成爲同音。

肆、聲調的類化

以上所論之四十五組直音皆聲母、韻母類化之例，此外尚有純粹屬聲調之類化者，茲論述於下。

46. 論語鄉黨：「阼，作」

案「阼」字見暮韻昨誤切；「作」字見鐸韻則落切。一爲去聲，一爲入聲，但由於形體近似，故使聲調類化爲同類。

47. 周禮牛人：「簝，老」

案「簝」字見豪韻魯刀切；「老」字見皓韻盧皓切。一爲平聲，一爲上聲。而「簝」字與受與「老」同音之「嫽、轑、橑、潦」等字之類化，故聲調變爲同類。

48. 論語八佾：「坫、玷」

案「坫」字見㮇韻都念切，「玷」字見忝韻多忝切。一爲去聲，一爲上聲。由於二字形似，皆以「占」爲聲符，故聲調類化爲一。

49. 論語述而：「取，娶」

案「取」字見麌韻七庾切，「娶」字見遇韻七句切。一爲上聲，一爲去聲。由於「娶」從「取」聲，故聲調類化爲一。

古時有部分學者主張同一字如有不同之意義、用法、詞性，則應賦予不同之音讀。尤其轉變其聲調，以造成一理想化之讀法。其中以宋賈昌朝群經音辨、元劉鑑經史動靜字音爲著。例

如「取」字，動靜字音云：「制師從己曰取（七雨切），屈己事師曰取（七句切）」。

本條直音是否即此類「破音字」而非類化之結果？吾人可由兩方面考慮：其一，九經直音之性質多在反映當時實際語音，極少取此類人爲之音讀。事實上，此類破音字既不存在於實際語言中，亦未曾爲所有學者所支持。其二，現代國語「取、娶」二字皆讀爲第三聲，顯然係類化之結果。宋代既有類似之音注，很可能此類化現象宋代即已產生。由是觀之，本條直音非爲破音而設，當係實際語言中「取、娶」已產生類化作用。

50. 論語鄉黨：「飪，壬去」

案「飪」字見寢韵如甚切；「壬」字見侵韵如林切。本係上聲字，此注爲去聲。蓋受去聲沁韵之「姙、紝、任、衽」等字類化而然。

51. 孟子公孫丑上：「撓，鬧」

案「撓」字見巧韵奴巧切；「鬧」字見效韵奴教切。一爲上聲，一爲去聲。但「撓」受形近之「橈」（音鬧）類化，故變讀爲去聲。

52. 孟子離婁下：「訕，山」

案「訕」字見諫韵所晏切；「山」字爲平聲韵目字。一爲去聲，一爲平聲，此變爲同音，蓋「訕」從「山」得聲，有邊讀邊，積非成是之故。

53. 孟子告子上：「嘑、呼去」

案「嘑、呼」二字同見模韵荒烏切，此「嘑」字之注爲去聲，蓋受去聲暮韵「謼」字之類化。

伍、結　論

　　以上所舉之五十三例，皆宋代九經直音中所見之類化現象。
其中有不少例證在今日國語中讀法亦相同，例如：「脛徑」、「
惻側」、「蹙促」、「駿峻」、「螢營」、「懈，諧去」、「戢
集」、「沖充」、「諴國」、「阼作」、「站玷」、「取
娶」、「餁，壬去」等。可知其類化之發生，可推遡至宋代。

　　總之，這種類化音變，在漢語歷史上早已存在，至今日仍繼
續產生中。例如許多人讀「蠕動」為「儒動」、讀「酗酒」為「
凶酒」、讀「腳踝」為「腳棵」、讀「膺品」為「贋品」、讀「
三稜鏡」為「三陵鏡」、讀「瞻養」為「贍養」、讀「皈依」
為「販依」、……。雖然這些讀法尚未取得合法地位，不像前述
之「溪、恢、莘、荀、攉、側、熒、竣、跚……」等字，字典已
承認其積非成是之音讀，但是若干時日之後，如果有更多人讀「
蠕」為「儒」、讀「酗」為「凶」……，又怎能保證它們不像「
溪、恢……」等字之獲得承認？可知，類化作用是不斷在產生中
的。這是漢語獨有的一種音變方式，甌美拼音文字是見不到的。
這種現象我們必需把它看成是音變方式的一類，而不能把它當例
外處理，因為它不但十分廣泛的存在於今天，也活躍在古代漢語
裏。

引用及參考書目

1.陳彭年大宋重修廣韵（張氏澤存堂本）

2.明本排字九經直音（商務）

3.說文解字段注

4.董同龢漢語音韻學（文史哲）

5.董同龢語言學大綱

6.劉復譯比較語音學概要

7.十三經注疏（藝文）

8.許世瑛先生論文集（弘道）

9.趙元任語言問題（商務）

10.陳新雄音略證補（文史哲）

11.拙著九經直音韵母研究（文史哲）

12.拙著四聲等子音系蠡測（師大國文研究所集刊，62年）

13.Chao Yuen Ren "Language and Symbolic Systems"（虹橋）

14.Bloomfield "Language: Phonetic Change" (1933).

原刊《淡江學報》第22期，57-65，臺北。

韻會重紐現象研究

壹、前 言

　　重紐一直是中古音研究的一個重要課題，經過許多學者的研究和討論，至今仍舊沒有一致的結論，有的主張重紐的兩類是介音的不同❶，有的主張是主要元音的區別❷，也有認爲是聲母有異的❸。

　　在朝鮮語和越南語中，重紐的兩類還可看出區別，但是他們的區別並不一致，朝鮮語是在韻母上不同❹，越南語是在聲母上不同❺。這些資料必然受到當地語音的影響，所以我們很難把它用作考訂古讀的依據。

　　近代漢語裏，重紐兩類已經找不出任何區別的痕迹，所以近代方言對重紐研究沒能提供任何助益。從中古韻書，韻圖之後，唯一能反映實際音讀，又能分別重紐的，只有元代熊忠的古今韻會舉要（本文簡稱韻會）。因此之故，本文把韻會的重紐字作了一番仔細的探究，也許能由這些分析中，使我們對中古重紐的認識，獲得一些啟示。

　　本文把重紐的範圍限定在「支、脂、眞、諄、祭、仙、宵、侵、鹽」各韻（包含其上、去、入聲韻）的唇、牙、喉音，包

括「幫、滂、並、明、見、溪、群、疑、影、曉」各母的字。至於「喻母」之三、四時，完全是因爲聲母的不同，和正齒音照系之分爲兩類屬同樣的情況，和重紐無關，所以不能把喻母和重紐混爲一談。

貳、韻會的重紐

要探討韻會的重紐字到底發生了怎樣的變化，必需先了解韻會的聲、韻母系統。韻會表面上是依平水韻分類，實際上每個字音都注明了所屬的「字母韻」，這是一個新的體系，代表了韻會時代的實際韻母發音。所以「字母韻」是我們了解韻會韻母的鑰匙。聲母方面，韻會有一套新三十六字母，和傳統的不太相同，不一樣的地方正代表了韻會聲母的演變。卷首的「禮部韻略七音三十六母通考」（本文簡稱「通考」）是一種韻字索引，把每一個音讀選一字爲代表，注明它的「字母韻」和新三十六母的類別。但在韻內卻不注三十六母，而以「宮商角徵羽」及「清濁」代替三十六母。兩者比較如下：

清	角	徵	宮	次宮	商	次商	羽	半徵	半商
	見	端	幫	非	精	知	影		
次清	溪	透	滂	敷	清	徹	曉		
次清次					心	審	么		
濁	群	定	並	奉	從	澄	匣		
次濁	疑	泥	明	微		娘	喻	來	日

次濁次　魚　　　　　邪　禪　合

　　我們分析韻會的重紐字，主要應著眼於「字母韻」和新三十六母的歸類上。至於韻會的反切是沿襲舊切而來，並不能代表韻會當時的語音❻，所以只能作參考而已。

　　下面分別把「支、脂、眞、諄、祭、仙、宵、侵、鹽」等韻的重紐字，出現在韻會中的，分別觀察其變化的狀況：

一、支韻的重紐

1.群母　奇　渠羈切，角濁音　三等　羈字母韻
　　　　祇　翹移切，角濁音　四等　雞字母韻

　　案重紐「奇、祇」兩字，韻會分屬不同的字母韻。其他三等位上的「羈、攲（廣韻作敧）、宜、漪、犧」等字韻會都屬羈字母韻。顯然重紐的三、四等字，在韻會語言裏仍存在著韻母的不同。依據古今韻會舉要的語音系統一書的擬音，羈字母韻代表〔-ei〕韻母，雞字母韻代表〔-i〕韻母。

2.見母　嬀　俱爲切，角清音　三等　嬀字母韻
　　　　規　均窺切，角清音　四等　規字母韻

3.溪母　虧　驅爲切，角次清音　三等　嬀字母韻
　　　　闚　缺規切，角次清音　四等　規字母韻

　　案重紐「嬀、規」、「虧、闚」，在韻會中都分別歸入不同的字母韻。除此之外，韻圖在三等位的「危」也是歸入「嬀字母

韻」，只有重紐四等字才歸入「規定母韻」。可知重紐兩類字的
區別在韻母上，不在聲母，因爲它們所注的「角清音」（代表見
母）、「角次清音」（代表溪母）是一致的。這兩個字母韻的發
音是：「嬀字母韻表示〔-uei〕韻母，規字母韻表示〔-ui〕韻
母。

4.幫母　卑　賓彌切，宮清音　四等　羈字母韻

　　　　陂　班糜切，宮清音　三等　嬀字母韻

5.並母　陴　頻彌切，宮濁音　四等　羈字母韻

　　　　皮　蒲糜切，宮濁音　三等　嬀字母韻

6.明母　彌　民卑切，宮次濁音　四等　羈字母韻

　　　　糜　忙皮切，宮次濁音　三等　嬀字母韻

　　案重紐「卑、陂」、「陴、皮」、「彌、糜」都是唇音字，
由上面的分布看來，在韻會中三等的念〔-uei〕韻母（嬀字母
韻），四等的念〔-ei〕韻母（羈字母韻）。此外，韻圖放在三等
的「鈹」，韻會也歸入「嬀字母韻」，和前面的例子一致。可見
韻會的歸類是有依據的。

二、脂韻的重紐

7.並母　毗　頻脂切，宮濁音　四等　羈字母韻

　　　　邳　貧悲切，宮濁音　三等　嬀字母韻

　　案重紐「毗、邳」兩字，在韻會中也是三等的念〔-uei〕（
嬀字母韻），四等的念〔-ei〕（羈字母韻），和支韻唇音重紐的

念法一致。脂韻另外幾個放在三等的脣音字「丕、悲、眉」韻會也一律歸入了「嫣字母韻」。

三、紙韻的重紐

8.溪母　綺　去倚切，角次清音　三等　己字母韻

　　　　企　遣企切，角次清音　四等　啟字母韻

　　案重紐「綺、企」兩字，在韻會中，聲母相同，都是「角次清音」，韻母有別，韻圖放在三等的屬「己字母韻」，念〔-ei〕韻母；韻圖放在四等的屬「啟字母韻」，念〔-i〕韻母。和平聲的狀況相符合。紙韻放在三等的另外幾個字「掎、技、螘、倚」也都出現在韻會的「己字母韻」中。

9.群母　跪　巨委切，角濁音　　三等　軌字母韻

　溪母　跬　犬蘂切，角次清音　四等　癸字母韻

　　案紙韻合口在韻會中沒能找到同聲母正好相對的重紐字，但是從群母的「跪」和溪母的「跬」看來，顯示三等的念〔-uei〕（軌字母韻），四等的念〔-ui〕（癸字母韻），和前面各例的情況完全一致。

10.幫母　俾　補弭切，宮清音　四等　己字母韻

　　　　彼　補靡切，宮清音　三等　軌字母韻

11.滂母　諀　普弭切，宮次清音　四等　己字母韻

　　　　破　普靡切，宮次清音　三等　軌字母韻

12.並母　婢　部弭切，宮濁音　四等　己字母韻

　　　　被　部靡切，宮濁音　三等　軌字母韻

13.明母　弭　母婢切，宮次濁音　四等　己字母韻

　　　　靡　母彼切，宮次濁音　三等　軌字母韻

　　案以上聲母相同的四對唇音重紐「俾、彼」、「諀、破」、「婢、被」、「弭、靡」，凡是韻圖置三等的，都念〔-uei〕（軌字母韻），凡是韻圖置四等的，都念〔-ei〕（己字母韻）。

四、旨韻的重紐

14.群母　揆　巨癸切，角濁音　四等　啟字母韻

　　案旨韻在韻會中沒有和「揆」同聲母，正好相對的重紐字，但是「揆」字在韻圖中是放在四等位上的，韻會把它歸入「啟字母韻」，念〔-i〕韻母，這可以和前面第8條的「綺：企」相呼應。

15.見母　軌　矩鮪切，角清音　三等　軌字母韻

　　　　癸　頸誄切，角清音　四等　癸字母韻

　　案重紐「軌、癸」兩字，在韻會中放在韻圖三等的，念〔-uei〕韻母，放在韻圖四等的，念〔-ui〕韻母。此外，韻圖三等的「歸」字韻會也歸「軌字母韻」。

16.幫母　匕　補履切，宮清音　四字　己字母韻

　　　　鄙　補美切，宮清音　三等　軌字母韻

　　案重紐「匕、鄙」兩字，在韻會中，聲母相同，韻母四等的「匕」念〔-ei〕（己字母韻），三等的「鄙」念〔-uei〕（軌字母韻）。另外幾個唇音字「嚭（p'-）、否（b'-）、美（m-）」韻圖置三等，韻會都歸入「軌字母韻」。

五、至韻的重紐

17.溪母　器　去冀切，角次清音　三等　寄字母韻

　　　　棄　磬致切，角次清音　四等，計字母韻

　　案重紐「器、棄」二字，韻會以韻圖置三等者，念〔-ei〕（寄字母韻），以韻圖置四等者，念〔-i〕（計字母韻）。聲母則同屬「角次清音」。此外，三等的「冀、劇」韻會也入「寄字母韻」，念〔-ei〕。

18.見母　媿　基位切，角清音　三等　媿字母韻

　　　　季　居悸切，角清音　四等　季字母韻

19.群母　匱　求位切，角濁音　三等　媿字母韻

　　　　悸　其季切，角濁音　四等　季字母韻

　　案這兩組重紐都把韻圖置三等者，念爲〔-uei〕（媿字母韻），把韻圖置四等者，念爲〔-ui〕（季字母韻）。和開口字的情況一致。其他三等的「喟、臾」也都歸入「媿字母韻」，念〔-uei〕。

20.影母　懿　乙冀切，羽清音　三等　寄字母韻

　　案至韻在韻會中沒有和「懿」同聲母，正好相對的重紐字，但是韻會把這個三等的「懿」歸入「寄字母韻」，正和第17條的「器、冀、劇」一致。

21.並母　備　平秘切，宮濁音　三等　媿字母韻

　　　　鼻　毗至切，宮濁音　四等　寄字母韻

22.明母　郿　明秘切，宮次濁音　三等　媿字母韻

　　　　寐　蜜二切，宮次濁音　四等　寄字母韻

　　案這兩組重紐唇音字，都是把三等的歸入「媿字母韻」，

念〔-uei〕，把四等的歸入「寄字母韻」，念〔-ei〕。和前面各例的唇音字完全一致。此外，本韻的「秘、濞」歸入「媿字母韻」，正是韻圖的重紐三等字。

六、 韻的重紐

23.見母　寄　居義切，角清音　三等　寄字母韻

　　案寘韻在韻會中沒有和「寄」同聲母，相對的重紐字。但是以三等歸之「寄字母韻」，可以和17條、20條相呼應，成爲韻會的通例。此外，牙音的「芰、議」，喉音的「倚、戲」韻圖都在三等，韻會都一律歸之「寄字母韻」。

24.曉母　毀　況僞切　羽次清音　三等　季字母韻

　　案這是個合口字，寘韻在韻會中沒有和「毀」同聲母，相對的重紐字。以三等合口歸之「季字母韻」（音-ui），和前面非唇音字的通例不合。韻會卷首的「通考」把「毀」字歸入「諱字母韻」，並非「季字母韻」，而所謂「諱字母韻」韻會全書只有「毀、仳」兩個曉母字而已。所以「毀」字可能有另外一個特殊的韻母，由於證據不足，暫不作擬音。

25.幫母　臂　卑義切　宮清音　四等　寄字母韻
　　　　賁　彼義切，宮清音　三等　媿字母韻
26.並母　避　毗義切　宮濁音　四等　寄字母韻
　　　　髲　平義切，宮濁音　三等　媿字母韻

　　案這兩組重紐唇音字都是以三等的念〔-uei〕（媿字母韻），以四等的念〔-ei〕（寄字母韻）。此外，三等的「帔（p′）」字也歸入「媿字母韻」。

由以上26條「支、脂」韻字重組的分析，可以發現韻會呈現了如下的現象：

	三　　等	四　　等
唇　音　字	-uei	-ei
牙喉音字	-ei,-uei	-i, -ui

七、真諄韻的重紐

真諄兩韻是開、合相對的韻，切韻不分，廣韻分開，但分得並不很精確，所以我們還是把這兩韻合併在一起討論。真諄韻的情況和上面的「支、脂」韻大不相同，其中的重紐字無論是三等或四等，凡開口字韻會都一律歸入「巾字母韻」，合口字則歸入「鈞字母韻」。而且同紐三、四等字，韻會也分別注明音同，例如幫母「彬（三等），音與賓（四等）同」、並母「貧（三等），音與頻（四等）同」、明母「珉（三等），音與民（四等）同」。可見俱諄韻的重紐現象到了韻會語音中，已經完全消失了。

真諄韻的上、去聲，在韻會中所呈現的狀況和平聲一致，上聲的重紐不論三、四等都歸入「謹字母韻」，去聲重紐都歸入「靳字母韻」。同時，也注明音同，例如上聲明母「泯（四等），音與愍（三等）同」。因此，我們知道真諄韻的平、上、去聲都沒有了重紐的區別。

八、質術韻的重紐

27.幫母　必　壁吉切，宮清音　四等　訖字母韻

　　　　　筆　逼密切，商清音　三等　國字母韻

28.滂母　匹　僻吉切　宮次清音　四等　訖字母韻

29.並母　邲　薄必切　宮濁音　四等　訖字母韻

　　　　　弼　薄密切，宮濁音　三等　國字母韻

30.明母　蜜　覓畢切　宮次濁音　四等　訖字母韻

　　　　　密　莫筆切，宮次獨音　三等　國字母韻

　　案這幾組韻會的唇音重紐字，都是把三等的歸入「國字母韻」，念〔-ueʔ〕韻母；把四等的歸入「訖字母韻」，念〔-iʔ〕韻母，顯然重紐的語音區別還存在於韻會中。爲什麼入聲的「質術韻」保留了重紐的區別，而其平上去聲「眞軫震」和「諄準稕」都混而不分呢？原來到了韻會時代，入聲的性質已經改變，其塞音韻尾已由-p-t-k變成了喉塞音-ʔ。喉塞音是個弱勢音，相對的，前面的元音聲勢就強些，使它在性質上接近陰聲韻的字，宋元韻圖之以入聲兼配陰聲就是這個緣故。「質術韻」的字在演化上多半韻母型態變得和「支脂韻」類似，所以在重紐上也顯得和「支脂韻」一致，而不和「眞諄韻」一致。

　　宋元韻圖如「四聲等子」、「切韻指掌圖」、「切韻指南」都把「質術韻」和「支脂韻」相配，正暗示了它們在語言發展上的密切關聯，那麼，它們能夠同時清晰的把重紐的區別保留下來，應該不是偶然的。

　　第28條的「匹」字，在韻會中沒有正好相對的同聲母重紐字。第27條的「筆」，聲母注爲「商清音」，當係「宮清音」之誤，因爲「商清音」是「精母」，「宮清音」才是「幫母」，韻會卷首「通考」中「筆」字正歸入幫母，可證。

31.見母　吉　激質切，角清音　　四等　吉字母韻

32.溪母　詰　契吉切　角次清音　三等　吉字母韻

33.群母　姞　極乙切，角次濁音　三等　訖字母韻

34.影母　乙　億姞切，羽清音　　　三等　訖字母韻

　　　　一　益悉切，羽次清次音　四等　訖字母韻

35.曉母　故　闋吉切，羽次清音　四等　吉字母韻

　　　　胗　黑乙切，羽次清音　三等　訖字母韻

案以上是質術韻的牙喉音重紐。第31至33例韻會中沒有同
聲母正好相對的重紐字，低是和第35例比起來是一致的，都把三
等的念爲〔-iʔ〕（訖字母韻）；把四等的念爲〔-iəʔ〕（吉字母
韻）。

這幾條和第27和30條的唇音字一樣能區別重紐，但念法不
同，唇音的四等念〔-iʔ〕，而這幾條卻是牙喉音的三等念〔-
iʔ〕。唇音和牙喉音在區別重紐上，分爲兩個系統，這是韻會的
通例，前面支脂韻的情況亦然。

第32條的「姞」字屬群母，韻會卷首「通考」正歸之「群
母」，應注爲「角濁音」，韻會質術韻內誤爲「角次濁音」。

第34條影母的重紐「乙、一」二字，在韻會中具有不同的聲
母，「乙」是「羽清音」的影母，念喉塞音，「一」是「羽次清
次音」的「幺母」，念零聲母。韻母則同爲「訖字母韻」。這在
質術韻中算是個比較特殊的例子。

九、祭韻的重紐

祭韻的重紐三、四等字韻會都歸入「寄字母韻」，顯然在韻

會的語言裏，祭韻的重紐現象已經消失。

十、仙韻的重紐

　　仙韻的牙喉音重紐字，無論三、四等，韻會全歸入「鞬字母韻」（開口）和「涓字母韻」（合口），顯然已不分重紐了。至於唇音字以幫、滂二母的「鞭、篇」（都見四等位）歸入「堅字母韻」，以並、明二母的「便、綿」（也見四等位）歸入「鞬字母韻」。其實，依據古今韻會舉要的語音系統一書的研究，「堅、鞬」兩個字母韻所代表的韻母都是〔-ien〕，韻會這兩韻的區分完全是由於聲母的清、濁。凡清聲母的字入「堅字母韻」，凡濁聲母的字入「鞬字母韻」。因此，唇音的重紐和牙喉音一樣，在韻會中已無區別。

　　仙韻的上聲、去聲、入聲情況和平聲並無二致。上聲的開口重紐字，韻會歸入「繭字母韻」（清聲母）和「蹇字母韻」（濁聲母）；合口重紐字，都歸入「畎字母韻」。只有「卷」字屬「卷字母韻」（念〔-yan〕韻母）❼，和「畎字母韻」之念〔-yen〕不同，但兩者都在重紐三等出現，所以和重紐的區別無關。

　　仙韻去聲的開口重紐字，韻會歸入「見字母韻」（清聲母）和「建字母韻」（濁聲母）；合口重紐字都歸入「睊字母韻」。只有「眷」字屬「孿字母韻」（念〔-yan〕韻母），和「睊字母韻」之念〔-yen〕不同，但兩者都在重紐三等出現，所以和重紐的區別也沒有關係。此現象和上聲的「卷」字相平行，也許是聲母的影響，而使主要元音有高低的不同，茲表列如下：

　　　　　　-yen（群母）　　　-yan（見母）

上聲　圈（三等）　　　卷（三等）

去聲　倦（三等）　　　眷（三等）

　　仙韻的入聲，開口重紐字脣音無論三、四等，都歸入「結字母韻」，牙喉音無論三、四等都歸入「訐字母韻」。這兩個字母韻所代表的韻母是一樣的，韻會分爲兩韻是因爲聲母的緣故。依董同龢的研究，「訐字母韻」收全濁聲母的字，「結字母韻」收清聲母和次濁字❽。至於合口重紐字，無論三、四等，韻會全歸入「玦字母韻」。由此看來，仙韻的入聲也不再有重紐的區別了。

十一、宵韻的重紐

36.幫母　飆　卑遙切，宮清音　四等　驕字母韻

　　　　　鑣　悲嬌切，音與飇（飆）同　二等　驕宁母韻

37.滂母　漂　紕招切，宮次清音　四等　驕字母韻

38.並母　瓢　毗霄切，宮濁音　四等　驕字母韻

39.明母　苗　眉鑣切，宮次清音　三等　驕字母韻

　　案以上脣音字在韻圖中分置三、四等，而韻會全部歸入「驕字母韻」，可證重紐的語音區別已消失。

40.見母　驕　居祅切，角清音　三等　驕字母韻

41.溪母　漂　丘祅切，角次清音　三等　驕字母韻

42.群母　喬　渠嬌切，角濁音　三等　驕字母韻

　　　　　翹　祈堯切，角濁音　四等　驍字母韻

43.影母　妖　於喬切，羽清音　三等　驕字母韻

邀　伊消切，音與ㄠ同　四等　驍字母韻
44.曉母　嘵　虛嬌切，羽次清音　三等　驍字母韻

　　案以上牙、喉音除了曉母「嘵」字外，都以三等入「驕字母韻」，念〔-iau〕韻母，以四等入「驍字母韻」，念〔-ieu〕韻母。這是韻會重紐還有區別的韻之一。

十二、小韻的重紐

45.幫母　表　彼小切，音與標同　三等　矯字母韻
　　　　標　俾小切，宮清音　四等　矯字母韻
46.滂母　縹　匹沼切，宮次清音　四等　皎字母韻
47.並母　藨　滂表切，音與縹同　三等　皎字母韻
　　　　摽　婢小切，宮濁音　四等　矯字母韻
48.明母　眇　弭沼切，宮次濁音　四等　皎字母韻

　　案以上唇音字三、四等皆有歸入「矯、皎」兩字母韻中的例子，顯然唇音重紐已無區別。

　　其中「藨」字廣韻平表切，屬並母，韻會已發生濁音清化而入滂母，故注明音與「縹」同。

49.見母　矯　舉夭切，角清音　三等　矯字母韻
50.影母　夭　於兆切，羽清音　三等　矯字母韻

　　案以上牙、喉音字都以三等入「矯字母韻」（驕字母韻的上聲），念〔-iau〕韻母，和40到43條（本韻平聲）相一致，表現了重紐語音的區別。

十三、笑韻的重紐

51.滂母　剽　匹妙切,宮次清音　四等　叫字母韻

52.並母　驃　毗召切,宮濁音　四等　橋字母韻

53.明母　廟　眉召切,宮次濁音　三等　橋字母韻

　　　　妙　彌笑切、音與廟同　四等　橋字母韻

　　案以上唇音字三、四等並無明顯界限,同一等可出現於「叫、橋」兩字母韻母中,可知重紐語音的區別已消失。

54.群母　嶠　渠廟切,角濁音　三等　橋字母韻

55.疑母　齴　牛召切,角次濁音　四等　橋字母韻

56.影母　要　玄笑切,羽次清次音　四等　叫字母韻

　　案以上牙、喉音字除「齴」外,正好以三等歸「橋字母韻」,念〔-iau〕;以四等歸「叫字母韻」,念〔-ieu〕。那麼,重紐語音的區別仍存留在此類牙喉字當中。

　　、　第56條的「要」字,廣韻「於笑切」,屬於母。韻會既注明「羽次清次音」,在韻會的新三十六母中屬｜幺母」,表示喉塞音聲母已失落,念成零聲母的字。韻會在「要」字下又注明「舊韻一笑切」,正欲表明該字原屬影母。不過,韻會所用的反切「玄笑切」,反切上字「玄」代表匣母,「要」既知已變爲零聲母,則原本匣母的「玄」也被念成了零聲母,正如今天的蘇州、廣州方言一樣,才會用「玄」來注「要」字的聲母。

　　由「宵小笑」的全部重紐字觀察,到了韻會時代,其語音區別在唇音字中已消失,在牙、喉字中,除掉第44條的一個曉母字和第55條的一個疑母字,剩下的「見、溪、群、影」各母字,重紐三、四等都有很清晰的韻母上的區別。正好這幾個有區別的,都屬中古的牙、喉類塞音字,所以,重紐語音的區別在什麼情況

下保留下來，是有嚴格條件的。

十四、鹽韻的重紐

57.影母　淹　衣廉切，羽清音　　　三等　箝字母韻

　　　　　厭　幺鹽切，羽次清次音　四等　兼字母韻

　　案在廣韻裏，鹽韻只有影母有重紐的現象。韻會把三等的入「箝字母韻」，念〔-iem〕，四等的入「兼字母韻」念〔-im〕。可知重紐的語音區別仍然存在。

十五、琰韻的重紐

58.影母　奄　衣檢切，羽清音　三等　檢字母韻

　　　　　黶　幺琰切，羽清音　四等　歉字母韻

　　案韻會把三等的入「檢字母韻」（第57條「箝字母韻」的上聲），念〔-iem〕，把四等的入「歉字母韻」（第57條「兼字母韻」的上聲），念〔-im〕。

第十六、豔韻的重紐

59.影母　俺　於劍切，音與奄同　　四等　劍字母韻

　　　　　厭　於豔切，羽次清次音　四等　歉字母韻

　　案這兩字的情況完全與其平、上聲（第57、58條）平行，以三等的入「劍字母韻」（箝字母韻的去聲），念〔-iem〕；以四等的入「歉字母韻」（兼字母韻的去聲，和上聲同「歉」標目），念〔-im〕。

十七、葉韻的重紐

60.影母　腌　乙業切，音與月韻謁同　三等　結字母韻

　　　　　靨　益涉切，音與屑韻噎同　四等　結字母韻

　　案這兩個字韻會同歸入「結字母韻」，可知入聲重紐的區別已經消失，和平、上、去聲的情況不同，這是因爲在韻會音系中，入聲的性質已發生變化，在音韻結構上不再和陽聲字相配，當然在重紐演化上也和陽聲字不能一致了。

　　入聲性質的變化，在這條中也可看出端倪。本來這兩個葉韻字是收〔-p〕韻尾的，可是這裏卻注明和月韻、屑韻（都是收〔-t〕尾的入聲）音同，顯然它們的韻尾已無-p、-t的不同，而是一樣的喉塞音韻尾了。

　　同屬結字母韻影母，而韻會把這兩字分開排列，這是因爲在韻會聲母系統中，「靨」字已失落喉塞音聲母，變爲「幺母」了。

十八、侵韻的重紐

61.影母　音　於金音，羽清音　　　　三等　金字母韻

　　　　　愔　伊淫切，羽次清次音　四等　金字母韻

　　案這兩個重紐字韻會歸「金字母韻」，可見三、四等的區別已消失。不過，我們觀察韻會影母重紐的狀況，發現一個很特殊的現象，就是：三等的仍保留喉塞音聲母，在韻會的聲母系統中仍稱爲「影母」，並注明「羽清音」；至於四等的則失落喉塞音聲母，韻會稱「幺母」，注明「羽次清次音」。這種現象不但見於本條，也見於其他地方，茲列表比較如下：

例　子	所屬聲母	等別
懿	影母	三等
因	幺母	四等
印	幺母	四等
乙	影母	三等
焉		三等
娟（音同淵）	幺母	四等
㘒（音同抉）	影母	三等
妖	影母	三等
邀	幺母	四等
夭	影母	三等
要	幺母	四等
淹	影母	三等
懕	幺母	四等
奄	影母	三等
黶	幺母（據通考）	四等
俺	影母	三等
厭	幺母	四等
腌（音同謁）	影母	三等
魘（音同噎）	幺母	四等
音	影母	三等
愔	幺母	四等
邑	影母	三等

揖	幺母	四等

這些例子包括了全部的影母重紐字，全無例外的以三等念影母，以四等念幺母。這是否意味著重紐三、四、等的區別有可能在聲母上？答案是否定的，因為「影：幺」兩母的對立是韻會才開始的，中古早期（切韻時代）它們都是一個聲母：影母。我們只有假設重紐三、四等原本的不同是在韻母上，才比較合理。正由於韻母的不同而影響了聲母，使四等的失去了喉塞音。這樣的假定才能和韻會的其他重紐資料相一致。

上表中的「焉」字，如依韻會仙韻注「音與延同」，則其喉塞音聲母已失落，然又注云「蒙古韻音疑母」，則又有念舌根鼻音聲母者。韻會卷首通考注焉「影母」，與同韻（堅字母韻）的「煙」（幺母）相對立，則「焉」字仍保留喉塞音聲母，和上表三、四等的分配相符合。

十九、緝韻的重紐

62.影母　邑　乙及切，音與乙同　三等　訖字母韻
　　　　揖　一入切，音與一同　四等　訖字母韻

案這兩個重紐字韻會全歸入「訖字母韻」，表示韻母已無區別，但聲母卻有「影、幺」之別，可能是原本韻母有別的遺迹，說見上條。

叁、結　論

由以上的分析，我們把韻會重紐的情況作成下面的簡

表：（「同」字表示三、四等沒有分別）

	支	脂	真	諄	祭	仙	宵	侵(影母)	鹽(影母)
三等	唇—uei 牙}喉 -ei,-uei		平上去(同)	(同)(同)		唇(同) 牙}喉 -iau	(同)		平上}-iem 去入(同)
			入{唇-ueʔ 牙}喉 -iʔ						
四等	唇—ei 牙}喉 -i,-ui		平上去(同)	(同)(同)		唇(同) 牙}喉 -ieu	(同)		平上}-im 去入(同)
			入{唇-iʔ 牙}喉 -iəʔ						

從這個表很容易發現，在九個有重紐現象的韻中，有六個韻還能分別重紐三、四等。我們再就這六個韻分析，可以歸納出下面幾點：

1.六個韻中，有參個陽聲韻——眞諄、鹽，它們的演化情況都是平上去爲一組，入聲爲一組。就眞諄來看，平上去已不分三、四等，入聲仍有分別；就鹽韻來看，平上去仍有分別，而入聲已不分三、四等。這是因爲從宋代以來，入聲性質已普遍發生變化，語言結構上已不再和陽聲韻相配❾，當然在語音演化上也無法和陽聲韻平行了。

2.所有保留三、四等區別的韻，都是唇音一種狀況，牙喉音是另一種狀況。顯示了韻母的演變受到聲母的制約，牙、喉音發音部位接近，所有演化方式一致。

3.唇音三、四等有區別的四個韻「支脂、眞諄」當中，都是把三等念爲合口，四等念爲開口❿。

4.音值的擬訂，是採用拙著古今韻會舉要的語音系統中的擬音。用這套擬音來看上表三、四等的不同，有個很顯著的現象：三等重紐字都被韻會的作者歸入張口度較大的字母韻中，四等重紐字則被歸入張口度較小的字母韻中。爲求醒目，再把韻母摘出比較如下：

三等-ei,-uei,-iau,-iem

四等-i,-ui,-ieu,-im

周法高先生在「隋唐五代宋初重紐反切研究」❶一文中運用了陸德明經典釋文（六世紀末葉）、顏師古漢書音義（七世紀中葉）、玄應一切經音義（七世紀中葉）、慧琳一切經音義（八世紀末葉）、朱翱說文繫傳反切（十一世紀末葉）和集韻（十一世紀初葉）等資料，證明重紐都是有分別的。所以早期韻圖（唐代晚期）對於重紐脣牙喉音分列三、四等，是有其語音上的根據的。周先生的結論認爲重紐兩類的區別在聲母方面，四等的脣牙喉音帶顎化，而三等則否。

不過，從韻會（十三世紀末）的資料來看，我們有理由相信，中古重紐的區別還是在韻母方面。因爲韻會的作者大體上是以「字母韻」來區別重紐三、四等字，而不是以其「新三十六母」系統來區別。

附　　註

❶　河野六郎「朝鮮漢字音特質」（1939）、有坂秀世「國語音韻史研究」（1944）、陸志韋1947、李榮1956、蒲立本1961、龍宇純

1970都認爲是介音的區別。

❷ 董同龢「廣韻重紐試釋」（1945）、周法高「廣韻重紐研究」（1948）都認爲是主要元音的區別。

❸ 王靜如「論開合口」（1941）認爲三等重出之唇音，三等爲Pʷ-而四等爲p-；三等重出之牙音，三等爲Kʷ-,四等爲k-。陸志韋「古音說略」（1947）也把重紐三等唇化，四等則否。周法高1986、林英津1979也認爲聲母有別。

❹ 例如支韻三等「寄」kɯi、「詭」kue
　　　　四等「企」ki、「闚」kiu
　　　脂韻三等「器」kɯi、「樻」kue
　　　　四等「棄」ki、「葵」kiu
　　　眞韻三等「巾」kɯn、「窘」kun、「七」ɯl
　　　　四等「緊」kin、「均」kiun、「質」il
　　　仙韻三等「愆」kən、「捲」kuən
　　　　四等「遣」kiən、「絹」kiən

❺ 例如脂韻三等「悲」bi、四等「瑟」ti（與毗同音）
　　　眞韻三等「彬」bân、「岷」mân、「密」mân
　　　　四等「賓」tân、「民」dân、「必」t′ât
　　　仙韻三等「弁」biên（與卞同音）、「免」miên「別」biêt
　　　　四等「便」tiên、「緬」diên、「滅」diêt

❻ 韻會的反切主要是沿襲集韻而來，在東韻公字下有韻會作者的案語，說「司馬文正公諸儒所作集韻，重定音切，最爲簡明……今從集韻，後皆做此。」

❼ 參考拙著古今韻會舉要的語音系統第60至62頁。

❽ 參考董氏漢語音韻學第205頁。

❾ 入聲原有-p、-t、-k韻尾，正好和陽聲韻的-m、-n、-ŋ韻尾相配。到了宋代有許多地區的入聲都變成一類喉塞音韻尾了，不再適合和陽聲韻相配，倒是和陰聲韻比較近似。

❿ 這個特徵倒是和王靜如、陸志韋的三等p^W-、四等p-的擬訂相符
　　合。但文本的看法，其區別應屬介音方面，不在聲母的唇化與
　　否。

⓫ 發表於中央研究院第二屆國際漢學會議，民國75年12月。

原刊《漢學研究》第5卷2期，311-327，臺北。

引用及主要參考書目

熊　忠　1297　古今韻會舉要　大化書局

丁　度　1039　集韻　中華書局

陳彭年　1008　大宋重修廣韻　廣文書局

佚　名　　　　韻鏡　1197張麟之重刊

董同龢　1945　「廣韻重紐試釋」　食貨出版社（董同龢先生
　　　　　　　語言學論文選集）

周法高　1948　「廣韻重紐研究」　聯經出版公司（中國語言
　　　　　　　學論文集）

　　　　1986　「隨唐五代宋初重紐反切研究」　中研院第二
　　　　　　　屆國際漢學會議

陸志韋　1947　古音說略　學生書局

王靜如　1941　「論開合口」　燕京學報29期

竺家寧　1986　古今韻會舉要的語音系統　學生書局

李　榮　1956　切韻音系　鼎文書局

蒲立本　1961-62　*The Consonantal System of Old Chinese,*
　　　　　　　Asia Ma-jor. 65-85頁論中古音

高本漢　1926　中國音韻學研究　商務印書館

龍宇純　1970　「廣韻重紐音值試論」　香港崇基學報9卷2期

　　　　　　　1959　「韻鏡校注」　藝文印書館

　　　　　　　1986　「論重紐等韻及其相關問題」　中研院第二屆國際漢
　　　　　　　　　　學會議

孔仲温　1981　「韻鏡研究」　政大中文所碩士論文109–128頁

林英津　1979　「廣韻重紐問題之檢討」　東海中文所碩士論文

張世祿　1965（臺版）　中國音韻學史　商務印書館

丁邦新等1977　中國語言學論集　幼獅月刊社

包擬古　1967　*China: Historical Linguistics, Current Trends in Ling-
　　　　　　　uistics* Ⅱ，第18至21頁論重紐。

宋代入聲的喉塞音韻尾

提　要

　　本文的目標在探究古代入聲-p、-t、-k三種韻尾消失以前的狀況。觀察入聲字在今日地理上的分佈，可以發現南部方言（如粵、客、閩南）保留入聲的三種區別，中部方言（如吳、閩北）入聲完全變成喉塞音收尾，北部方言入聲多半消失。這樣的現象很可能反映了歷史的變遷：在-p、-t、-k消失前，有一個喉塞音收尾的階段。我們從宋代詩詞、《九經直音》、《詩集傳》、《韻會》等語料，以及《皇極經世書》中之韻圖·《四聲等子》、《切韻指掌圖》、《切韻指南》等韻圖分析，發現宋代的入聲正是處於這個喉塞音韻尾的階段。其中《韻會》和《切韻指南》雖作於元代，而其音系，基本上仍反映宋代語言。

　　在上述資料裏，-p、-t、-k三類字是混而無別的，但是又不像《中原音韻》一樣，把入聲散入平、上、去中，可知入聲的特性仍然存在，只不過三種韻尾都發生了部位後移，弱化成爲相同的喉塞音韻尾了。從宋代語料普遍呈現這種迹象看，這個入聲消失前的過渡階段不會是很短暫的。

壹、前　言

中古音的入聲若依收尾區分，有以下三類：

舌根韻尾-k，如「屋、沃、燭、覺……」等。

舌尖韻尾-t，如「質、術、月、曷……」等。

雙唇韻尾-p，如「合、葉、緝、乏……」等。

到了元代周德清的《中原音韻》，入聲字全部消失❶，分別轉入平、上、去中，和陰聲韻的字沒有區別了。也就是說，三種塞音韻尾都不存在了。這種轉變，是突然發生的嗎？還是有個中間的過渡階段呢？

我們先看看現代方言的情況，現代方言入聲字在地理分佈上，呈現下列情況：

南部方言如粵語、客語、閩南語都保留了中古入聲的-k、-t、-p三種類型。

中部方言如閩北語❷、吳語三種入聲併成了一種－－喉塞音韻尾。

北部方言的入聲字多半已經沒有任何輔音韻尾，念成了別的聲調❸。

入聲字地理上的分佈是不是反映了歷史的變遷呢？換句話說，入聲-p、-t、-k消失之前是還有一個喉塞音韻尾的中間階段呢？我們檢視了中古後期的語料，可以找到答案－－這個中間階段在宋代的確是存在的。

周祖謨一九四二年的＜宋代汴洛語音考＞提到當時詩詞用韻，三種入聲已經相混，他說：

至於兩攝（曾、梗）之入聲字，則亦合用無別，而韓維史達祖更攙入臻攝深攝字，是當持入聲字之收尾已漸失落

矣。❹

他又說：

> 然宋代語音尚有與唐人不同者，即本攝（臻）入聲與梗曾
> 入聲合用一事。其所以合用者，由於入聲韻尾之失落。梗
> 曾入聲本收-k，臻之入聲本收-t，原非一類，迨-k、-t失
> 落以後，則元音相近者自相通協矣。❺

周氏用韻尾失落來解釋不同入聲的相協，未必合適，因爲輔音韻尾既不存在，應該像《中原音韻》一樣，和平、上、去聲的字相押，事實上並非如此，宋代詩詞的用韻，入聲字仍然和入聲字相押，顯然入聲的性質並未消失，只是三類入聲變成了一類，最合理的假定，就是這一類入聲是帶喉塞音韻尾的。喉塞音是個微弱的輔音，在-p、-t、-k消失前，應該有個弱化的階段。

此外，由漢語輔音韻尾的演化趨向看，大都是向偏後的部位移動。例如《詩經》以前，「蓋·內」等字都有一個-b韻尾，可是到了《詩經》時代，它的發音部位後移了，變成了-d韻尾❻。又如去聲字在上古有個-s韻尾，後來發展成-h韻尾❼，擦音的性質沒變，發音部位卻由舌尖轉到了喉部。又如《廣韻》的鼻音韻尾有三類：-m、-ŋ、-n，到了國語，-m卻轉成了-n，鼻音的性質未變，發音部位卻由雙唇變爲舌尖。又如現代方言中，閩北語的有鼻音韻尾全後移爲-ŋ，吳語的所有入聲韻尾全都後移爲喉塞音。

由此觀之，我們相信入聲的演化過程是這樣的：

中古早期　　　中古晚期　　　國語

-p -t -k →　　　— ʔ　　→　　—φ

　　筆者在一九七二年的《四聲等子音系蠡測》中❽，曾提出上述的看法。王力在一九八五年的《漢語語音史》也有相同的構想。他在「宋代音系」一章中說：

　　　朱熹時代，入聲韵尾仍有-p、-t、-k三類的區別，除〔ik〕轉變爲〔it〕以外，其他都沒有混亂。但是，後代入聲的消失，應該是以三類入聲混合爲韵尾〔ʔ〕作爲過渡的。❾

又說：

　　　三類入聲合併爲一類，在宋代北方話中已經開始了。在吳方言裏，大約也是從宋代起，入聲韵尾已經由-p、-t、-k合併爲ʔ了。❿

　　不過，王力在實際擬音時，入聲的-p、-t、-k韵尾仍維持原狀，並未改擬爲－ʔ。也許王力只注意到宋代詩詞的押韵，和朱熹的語音，沒能更廣泛的蒐集更多的類似語料，所以在看法上有些保留。本文就宋代詩詞、宋元韵圖、《詩集傳》、《九經直音》、《韵會》、《皇極經世書》等資料分析入聲的狀況，可以證明宋代的-p、-t、-k在相當廣大的地區，的確已經念成了喉塞音韵尾。

貳、宋代詞韻所見的入聲狀況

　　在宋人所作的詞看，入聲韵尾有顯著相混的現象。這種現象可以由近年研究宋代詞人用韵的幾部專書看出來。包括林冷《玉田詞用韵考》、吳淑美《姜白石詞韵考》、余光暉《夢窗詞韵

考》、林振瑩《周邦彥詞韵考》、葉詠琍《清眞詞韵考》、許金枝《東坡詞韵研究》、任靜海《朱希眞詞韵研究》、金周生《宋詞音系入聲韵部考》。

例如東坡詞：

減字木蘭花以「琢（-k）、雹（-k）、索（-k）、撥（-t）、」相押。

勸金船以「客（-k）、識（-k）、卻（-k）、得（-k）、月（-t）、節（-t）、雪（-t）、插（-p）、咽（-t）、別（-t）、闕（-t）、髮（-t）」相押。

滿江紅以「客（-k）、雪（-t）、石（-k）、隔（-k）、必（-t）、白（-k）、覓（-k）、睫（-p）、絕（-t）」相押。

又滿江紅以「翮（-k）、疊（-p）、瑟（-t）、髮（-t）、側（-k）、說（-t）、月（-t）、色（-k）、雪（-t）」相押。

阜羅特髻以「得（-k）、客（ k）、結（-t）、合（-p）、拍（-k）、滑（-t）、覓（-k）」相押。

又如姜白石詞：

虞美人以「石（-k）、立（-p）」相押。

慶宮春以「答（-p）、遏（-t）、襪（-t）、霎（-p）」相押。

琵琶仙以「葉（-p）、絕（-t）、鴂（-t）、說（-t）」相押。

暗香以「色（-k）、笛（-k）、摘（-k）、筆（-t）、席（-k）」相押。

又如吳夢窗詞：

滿江紅以「日（ -t ）、色（ -k ）、織（ -k ）、結（ -t ）、咽（ -t ）、濕（ -p ）、得（ -k ）、拾（ -p ）、物（ -t ）」相押。

秋思以「側（ -k ）、色（ -k ）……」和「瑟（ -t ）」相押。

淒涼犯以「闊（ -t ）、骨（ -t ）」和「葉（ -p ）、濕（ -p ）……」相押。

又如張玉田詞：

壺中天以「歷（ -k ）、客（ -k ）……」和「拂-t」相押。

踏莎行以「末（ -t ）、答（ -p ）、壓（ -p ）、髮（ -t ）、沒（ -t ）、發（ -t ）」相押。

淡黃柳以「捻（ -p ）、結（ -t ）、怯（ -p ）、說（ -t ）、葉（ -p ）、切（ -t ）、折（ -t ）、別（ -t ）、月（ -t ）」相押。

又如周邦彥詞：

看花迴以「絕（ -t ）、說（ -t ）」和「帖（ -p ）、睫（ -p ）……」相押。

華胥引以「軋（ -t ）、閱（ -t ）」和「葉（ -p ）、嗟（ -p ）、怯（ -p ）、鑷（ -p ）……」相押。

又如朱希真詞：

鵲橋仙以「日（ -t ）、濕（ -p ）、客（ -k ）、得（ -k ）」相押。

好事近以「濕（ -p ）、碧（ -k ）、瑟（ -t ）、息（ -k ）」相押。

卜算子以「失（ -t ）、立（ -p ）、逼（ -k ）、急（ -p ）」相押。

春曉曲以「急（ -p ）、瀝（ -k ）、瑟（ -t ）」相押。

念奴嬌以「白（-k）、客（-k）、隔（-k）、雪（-p）、蝶（-p）、月（-t）、歇（-t）、折（-t）」相押。

點絳唇以「葉（-p）、發（-t）、別（-t）、客（-k）、徹（-t）、絕（-t）、月（-t）」相押。

諸如此類的混用，依據金周生的統計❶，在三千一百五十個韻例中，爲數一千二百七十二❷，百分比高達四十餘。而上述所有研究詞韻的學者都認爲這種現象爲「例外通押」。但是，爲什麼在宋代以前的詩歌用韻沒有這種大量通押的情況？這種情況又偏偏出現在入聲消失的元代前夕？它是否意味著入聲性質已經有了變化？正經歷著消失前的弱化過程？我們必須注意兩點：

第一，宋代的入聲已不像宋以前-p、-t、-k分用劃然。

第二，宋代的入聲也不像元代混入平、上、去中。

由這兩點，我們可以推論，宋代的入聲應該和宋以前不同了，但是入聲的特性仍然存在。那麼，這不是告訴我們，宋代的入聲正如今天的吳語一樣嗎？-p、-t、-k三類全念作喉塞音了。

宋人塡詞並無通行共遵之詞韻韻書，完全本乎自然之音，現有的幾部詞韻韻書，都是明清以來編製的。所以，詞韻入聲的混用現象完全反映了實際語音的變化，用「例外通押」輕易交代過去似乎並不合適。

那麼，詞韻入聲的混用是否代表部分的方言現象呢？金周生先生曾對此問題詳爲分析❸，列出浙江省作家93人、江西省84人、福建省46人、江蘇省37人、河南省32人、四川省22人、安徽省19人、山東省18人、河北省13人、廣東省7人、湖南省7人、山西省5人、甘肅省1人、吉林省1人。發現入聲的混用並無

方音的因素，與作者的里籍並無關係，顯然是當時普遍的現象。

　　至於宋詞入聲押韻還有百分之五十餘是-p、-t、-k分用的，這是受官韻的影響。當時語音雖然三類入聲已無分別，但是讀書人對官韻必然十分熟悉，胸中對三類入聲的界限必然十分清晰，當然在填詞時會很自然的表現出來。

　　此外，當時南方某些方言應該還有-k、-t、-p的殘留，正如今天的某些南部方言仍分-k、-t、-p一樣。宋代南方作家的混用三類入聲，很可能是受當時「通語」（普通話」的影響。因此，南方作家入聲的混用，未必代表其實際之語言。

　　詞韻的問題，當然我們也應考慮現代方言的入聲具有塞而不裂的特質，用於歌唱之文學作品中，-p、-t、-k三者，或有互叶之通融性，未必即代表語言的變化。龍宇純先生曾指出今日粵劇「和尚著數」的急口令正是-p、-t、-k不分的（見＜上古陰聲字具輔音韻尾說檢討＞）。但是，我們也很難說今日粵劇的韻例不分-p、-t、-k，宋代詞韻也當作相同的解釋，我們也不能斷定今天的入聲塞而不裂，宋代的入聲也一樣塞而不裂。更何況還有後面各節所論的其他語料提供了我們判斷的有力線索。因此，我們從全盤狀況看，從入聲的發展階段看，宋詞入聲的混用反映了入聲本身的變化，應該是合理的推斷。

叁、《九經直音》所見的入聲狀況

　　《九經直音》是流行於宋代的一部經書音注❹。書中收了兩萬多條直音，表現了宋代的實際語音。它的性質有如今天的「國

語注音四書讀本」。清代藏書家陸心源說：

> 成書之後，當時想必風行，故場賈多取其書，或附于後，
> 後列于上，猶麻沙刻十三經注疏之附《經典釋文》，南宋
> 風氣使然也。

可知此書受重視的程度與《經典釋文》相同，皆爲宋人讀經
的參考書。只不過一用直音，一用反切而已。它們同樣保存了豐
富的語音資料。《四庫提要》說：

> 《釋文》所載，皆唐以前音，而此書則兼取宋儒，如於《
> 詩》、《中庸》、《論語》、《孟子》則多採朱子，於《
> 易》則兼採程、朱，於《禮》則多採方愨，其他經引胡
> 瑗、司馬光音讀尤多。

又說：

> （九經直音）與陸氏之書，尤足相續，在宋人經書音釋
> 中，最爲妥善。

從《九經直音》中，我們可以了解宋代韻母的簡併情形❺，
也可以看出一些聲母的演化❻，如濁音清化❼、知照系字的合流
❽等。聲調方面則表現了濁上歸去，以及入聲-p、-t、-k的混同
❾。下面我們看看入聲的狀況：

1.書中有32例是「辟，音必」的直音。而「辟」是-k尾，「
必」是-t尾。

2.《詩·晨風》：「櫟，音立」，前者收-k，後者收-p。

3.《詩·行葦》：「緝，音七」，前者收-p，後者收-t。

4.《詩·東山》：「熠，音亦」，前者收-p，後者收-k。

5.《詩·六月》：「佶，音及」，前者收-t，後者收-p。

6.《詩·小戎》:「秩,定入」,前者收-t,後者收-k。

在《九經直音》中,諸如此類反映入聲變化的證據多達一三七條。詞韻上-p、-t、-k相混,也許還可以用「押韻甚寬」來解釋,直音的本質在注明音讀,絕不會有「注音甚寬」的道理。所以,-p、-t、-k既可以相互注音,只有一種可能:它們的韻尾都已經變成一樣的喉塞音了。

肆、《詩集傳》所見的入聲狀況

南宋朱熹爲紹興年間進士,歷事高、孝、光、寧四朝。《詩集傳》依照序文的年代,是朱子作於一一七七年。書中的「叶音」反映了朱子當時的語音情況,先師許詩英先生曾作了一系列的研究,探討朱子的語言。收入其《論文集》中。其中,提到「舌尖塞音與舌根塞音相混者」,列出八條例證[20]:

1.小雅賓之初筵三章以「抑(-k)、怭(-t)、秩(-t)」爲韻。

2.大雅假樂三章以「抑(-k)、秩(-t)、匹(-t)」爲韻。

3.小雅菀柳一章以「息(-k)、暱(-t)、極(-k)」爲韻。

4.大雅公劉以「密(-t)、即(-k)」爲韻。

5.大雅文王有聲以「淢(-k)、匹(-t)」爲韻。

以上各條都以職韻字和質韻字相押,朱子對於別的不適合自己語言的韻腳都會加以改叶,這裏卻不曾改叶,可見朱子的語言中,收-k的職韻和收-t的質韻已經變得沒有區別。

6.小雅之初筵五章:「三爵不識-k（叶失-t、志二音），矧敢多又（叶夷益-k、夷敢二反）。

這條朱子叶兩音,表示或押入聲,或押去聲。入聲「識」收-k,他卻用收-t的「失」來叶音,和收-k的「夷益反」的字相押。可見朱子是不辨-t、-k的。

7.大雅生民二章:「誕彌厥月-t,先生如達-t,不坼不副（叶孚迫-k反）,無菑無害（叶音曷-t）。」

這裏的韻腳「月、達,叶音曷」都是收-t,而「孚迫反」卻是收-k。

8.大雅韓奕二章:「玄袞赤舄,鉤膺鏤錫-k,鞹鞃淺幭,鞗革金厄（叶於栗-t反）。」這裏的韵腳都是-k,朱子卻把「厄」叶爲收-t的「於栗反」。

以上都是-t、-k不分的例子,沒見到-p的例。但在朱子的詞中,-p、-t、-k是整個混用的:

1.菩薩蠻（暮江寒碧縈長路）以「集（-p）、客（-k）相押。

2.滿江紅（秀野詩翁）以「姪（-t）、碧（-k）、席（-k）……」相押。

3.念奴嬌（臨風一笑）以「月歇雪折（-t）、白客隔（-k）、蝶（-p）」相押。

這些現象,和前面的資料所呈現的,是完全類似的,說明了宋代-p、-t、-k之轉爲-ʔ。

伍、《韻會》所見的入聲狀況

　　元代熊忠的《古今韵會舉要》是依據宋末元初黃公紹的《古今韵會》改編的。黃公紹是南宋度宗咸淳年間（一二六五～一二七四）進士，不久南宋亡（一二七九），入元不仕。此書表面上是平水韵系統，分一〇七韵，實際上，韵內名字都注明所屬的「字母韵」，共有二一六個字母韵，這是尼映實際語音的新系統。歸納《韵會》的字母韵，可以了解宋元之間部分南方地區的語音實況❷。

　　《廣韵》有三十四個入聲韵，《韵音》完全打破了舊有的入聲界限，訂出二十九個入聲字母韵。除了主要元音的變化之外，最顯著的，就是韵尾-p、-t、-k的相混。下表是《韵會》各入聲韵的例字：❷

韻名／韻尾	-p	-t	-k
穀韵		突卒	禿族
夠韵		術律	肅竹
櫛韵	戢澀	櫛瑟	
訖韵	急執	必實	極直
吉韵		吉詰	激檄
國韵		筆密	碧棫
橘韵		橘茁	焱闃
聿韵		聿	役
葛韵	合盍	葛曷	
怛韵	雜答	擦達	
戛韵	夾洽	黠瞎	
訐韵	涉業	舌歇	

結韻　　　　　　獵妄　　　列切

從這項資料所見到的現象，和前面所見的完全類似：

第一，分韻已不再考慮-p、-t、-k的區別。

第二，入聲韻仍獨立於陰聲韻之外。

由這兩點，我們仍得導致一個結論：入聲韻尾完全變成喉塞音了。因為，一個「韻」必需只有一種韻尾，這是音韻學的基本原則。

此外，由《韻會》中的音注也顯示了入聲韻尾的混淆：例如葉韻「腌，乙業切-p」，下注云：「音與月韻-t謁同」；「屬，益涉切-p」，下注云：「音與屑韻-t噎同」。

陸、《皇極經世書》所見的入聲狀況

《皇極經世書》為北宋邵雍（一○一一～一○七七）所作。其中第七至第十卷為「律呂聲音」，每卷分四篇，每篇上列「聲圖」，下列「音圖」，總共有三十二圖。今本三十二圖之前復有「正聲正音總圖」，為諸圖之起例。圖中所謂「聲」，是韻類之意；所謂「音」，是聲類之意。每篇之中，以音「和律」，以聲「唱呂」，意思是以律呂相唱和，亦即聲母、韻母相拼合以成字音的意思。所以這些圖就叫做「聲音唱和圖」。

圖中又取天之四象——日月星辰，以配平上去入四個聲調；取地之四象——水火土石，以配開發收閉四種發音；各篇之後，又以各種聲音和六十四卦相配合；這些都是數術家的牽合比附，在聲韻上沒有任何實質意義。因此，我們藉聲音唱和圖探討當時

語音，只有每篇標題的例字，才真正具有價值。而這些例字又全部收在「正聲正音總圖」裏，列成一個十聲、十二音的簡表。我們只需取這些例字加以分析觀察，就能看出宋代語音的大致情況。

陸志韋〈記邵雍皇極經世的天聲地音〉說：

> 他雖然完全用今音附會術數，倒沒有用假古音，這是他比等韻更進步的一點。㉓

宋元韻圖一方面反映了當時的語音，一方面又有許多因襲早期韻圖的地方。邵氏的聲音唱和圖如果去掉那些附會術數的部分，倒是能夠充分的表現實際語音，不曾受韻圖歸字的束縛。所以陸氏說其中沒有「假古音」。

聲音唱和圖的十類韻母，稱爲「一聲、二聲……十聲」但只前七聲有字，其餘的是爲湊他的「數」理而贅加的，和韻類無關。

每聲分四行，每行四字，分別是平、上、去、入。同一行的字，韻母相同，不同行的字，韻母有別，各聲的一、二行之間，或三、四行之間的關係是開、合，邵圖稱之爲「闢、翕」。

各聲的先後次第，由果假開始，以迄深咸，由開口度最大的韻安排到開口最小的閉口韻（收-m者），立意甚精。

圖中最值得注意的，是入聲的配合完全改變了《切韻》的系統。而以入聲專配陰聲，不配陽聲。比宋元韻圖的兼配陰陽（配陽聲是照顧傳統，亦即陸氏所謂的「假古音」）更直接的表現實際語音。

趙蔭棠對於這個現象的看法是：

《等子》以入聲配陰聲韵，這裏邊也有這種現象。由此，
我們可以看見在宋時的北方的入聲，已有不若《廣韵》之
配合者。❷

趙氏曾注意這個問題，但沒有指出變化在哪裏。

現在我們先把聲音唱和圖中，有入聲配合的幾個「聲」列出
來，再作分析。

聲一 多（歌）可（哿）个（箇）舌（鎋）

　　　禾（戈）火（果）化（禡）八（黠）

聲四 刀（豪）早（皓）孝（效）岳（覺）

　　　毛（豪）寶（皓）報（號）霍（鐸）

　　　牛（尤）斗（厚）奏（候）六（屋）

　　　○　　○　　○　　玉（燭）

聲五 妻（齊）子（止）四（至）日（質）

　　　衰（脂）○　　帥（至）骨（沒）

　　　○　　○　　○　　德（德）

　　　龜（脂）水（旨）貴（未）北（德）

聲七 心（侵）審（寢）禁（沁）○

　　　○　　○　　○　　十（緝）

　　　男（覃）坎（感）欠（梵）○

　　　○　　○　　○　　妾（葉）

李榮對這個表的解釋是：

　　配陰韵的入聲限於切韵收-t、-k的，沒有收-p的，可見-

t、-k失落，或變成 -i、-u的時候，-p還是保留未變。㉕

周祖謨的看法是：

> 至於入聲字，《廣韻》本不與陰聲韵相承，今圖中於陰聲
> 韵下皆配以入聲，是入聲字之收尾久已失去，以其元音與
> 所配之陰聲相近或相同，故列爲一貫耳。然其聲調當較短
> 較促，自與平上去不同。㉖

李氏、周氏都認爲入聲所發生的變化是失去了輔音韵尾，以
致和陰聲字無別。本文的觀點是入聲並未完全失去輔音韵尾，而
是弱化爲喉塞音。如果入聲變得和陰聲字完全相同，則邵雍一定
會把這些入聲散入陰聲字中，混而不分的。所以，這些入聲字末
尾必定還留有一個輕微的，表現入聲特性的成分。因爲它是個弱
輔音，所以能和元音相同的陰聲字由於音近而相配（例如i和iʔ
），又因爲它後頭仍有個輔音存在，所以不和陰聲字相混，它仍
需留在入聲的位置上。

周氏既認爲入聲已失韵尾，又懷疑何以不和陰聲歸併，乃解
釋爲「其聲調當較短較促，自與平上去不同」，既言短促，顯然
還具有入聲性質，那怎能說是「收尾久已失去」？入聲之短促實
由於塞音韵尾促成，如果認爲沒有塞音收尾，勢必要假定這個語
言中有長元音與短元音的對立，這在系統上是很難解釋的。

聲五的四個入聲字包含了兩種不同的韵尾：「日（ -t）、
骨（-t）、德（-k）、北（-k）」也證明了邵雍的音系中只念成
一種，就是-ʔ。

至於-p尾的「十、妾」不跟陰聲相配，這是個很特殊的現
象，李榮認爲-k、-t失落的時候，-p還保留未變（見前引）。許

寶華（論入聲）一文認爲當時的汴梁方言除了-p以外，塞尾已經
失落❷。這樣的看法值得商榷，第一，前面我們談過，漢語韻尾
有後移的演化趨勢，爲什麼發音部位較後的-k、-t先消失，部位
最前的-p反而保留？第二，現代方言裏完全找不到類似的佐證，
倒是有相反的例子，南昌方言的入聲-p尾老早就丟了，只剩下-
t、-k兩種韻尾。第三，宋代的語料都顯示-p和-t、-k的混用情
況是一致的，唯獨韻圖形式的資料（聲音唱和圖、四聲等子、切
韻指掌圖、切韻指南）收-p的入聲字和-m類字相配，而不配陰
聲韻的字，這是材料上的不同，看不出有歷史先後（早期-k、-t
混，後期-p、-t、-k混）或方言地理的區分（某些地方只-k、-t
混，某些地方-p、-t、-k混）。

　　最合理的解釋是：宋代的-p、-t、-k一律都變-ʔ，並沒有「-
p、-ʔ、→-ʔ」的兩個階段。韻圖型式的資料-p和-m配而不配陰
聲，是主要元音的問題，不是韻尾的問題。在韻圖中，帶喉塞音
-ʔ的字總找主要元音類似的陰聲字相配，「十、妾」等字沒有主
要元音類似的陰聲字，只好依傳統放到-m類字之下了。

　　何以是主要元音的問題呢？「十」字的主要元音是ə，陰聲
各韻中並沒有相類似的ə（止蟹攝是i元音，或əi元音），於是這
些緝韻字只好依照傳統，和同樣是ə元音的侵韻字相配了。至
於「妾」字的主要元音是a，似乎可以配果假攝，但是果假攝當
時很可能有兩種不同的念法：一種是果攝的字全念a，一種果攝
念o，假攝念a，於是編製韻圖的人寧可把「妾」字以及源自ap的
那些入聲字，全依傳統配合在念am的字下面了。實際上-p類入
聲和-t、-k類入聲一樣，全變成喉塞音韻尾了。宋元韻圖全都沿

襲舊-p類字相配的排法（見後面幾節），並不表示當時仍有-p入聲。

柒、《四聲等子》所見的入聲狀況

《四聲等子》未署作者之名，其序文說早先曾附在《神龕手鑑》之後，幫助查檢字音之用。而《神龕手鑑》的序文也說：「又撰《五音圖式》附於後，庶力省功倍，垂益於無窮者矣。」可知《等子》的底本爲《五音圖式》，其產生當在北宋初年北方之遼境㉘。

根據《夢溪筆談》記載，《龍龕》於宋神宗熙寧年間（一〇六八至一〇七七年）由契丹傳入宋，時當北宋中葉。入宋後，宋人把《五音圖式》由《龍龕》中析出獨立成書，並加整理改訂，名爲《四聲等子》。由十六攝併爲十三攝、圖次的更動，都可以看出改訂的痕跡。當然在歸字、析音上也會依照宋人的語音加以調整。因此，《等子》所反映的，應當是北宋中葉的音系。

由《等子》的入聲排列看，它是兼承陰聲韵與陽聲韵的，和早期韻圖的專配陽聲不同。我們可以把《等子》的入聲分爲九組來觀察：

第一組（切韵收-k）

　　通攝

　　遇攝　　　　一等配「屋、沃」

　　流攝　　　　三等配「燭、屋」

第二組（切韵收-k）

效攝 ⎫ 一等配「鐸」，二等配「覺」
宕攝 ⎭ 一四等配「藥」

第三組（切韻收 -k）

曾攝　　　　一等配「德」，二等配「陌、麥」

　　　　　　三、四等配「職、昔、錫」

第四組（切韻收 -t）

蟹攝 ⎫ 一等配「曷、末」，二等配「黠、鎋」
山攝 ⎭ 三、四等配「薛、屑、月」

第五組（切韻收 -t）

臻攝　　　　一等配「沒」，二等配「櫛」

　　　　　　三、四等配「物、質、術、迄」

第六組（切韻收 -p）

咸攝　　　　一等配「合、盍」，二等配「洽、狎」

　　　　　　三、四等配「之、帖、葉、業」

第七組（切韻收 -p）

深攝　　　　三等配「緝」

第八組（切韻收 -k、-t）

果攝　　　　一等配「鐸」，（-k）

　　　　　　二等配「黠、鎋」（-t）

第九組（切韻收 -k、-t）

止攝　　　　三、四等配「職、昔、錫」（-k）

　　　　　　　　　　「物、質、術、迄」（-t）

　　早期韻圖爲什麼入聲只配陽聲呢？這是因爲：第一，入聲和
陽聲都以輔音收尾，而陰聲沒有輔音收尾。第二，入聲和陽聲都

正好有三類相對的韵尾：雙唇的「-p：-m」、舌尖的「-t：-n」、舌根的「-k：-ŋ」。

《等子》之配陽聲，完全是承襲韵圖的舊制。儘管入聲已經變了，陽入相配的傳統觀念很難在讀書人胸中驟然抹去。況且等韵圖的制作已有《韵鏡》、《七音略》的規範放在前頭，在組織、體製上很難完全擺脫其束縛和影響，《等子》便自然而然的承襲了陽入相配的傳統。一方面卻利用陰入相配的措施，來表現當時的實際語音。

當入聲韵尾轉爲喉塞音之後，前面的元音所擔負的功能便相對的增強，因此，在語音的近似度上來說，配陰聲比配陽聲更爲適宜。這是宋代語料普遍以入配陰的理由。

由前面九組入聲情況看，第八、九兩組把不同韵尾的入聲歸在同一攝裏，我們知道，古人「轉」或「攝」的分類，韵尾相同是必要的條件。只有-k、-t韵尾都已經變成了一個-ʔ，才有可能並列於同一攝中。

第六、七兩組的-p韵尾不配陰聲，這點和「聲音唱和圖」所呈現的相同。是由於沒有適當的主要元音相配的緣故。

王力說：❷⁹

> 依我們的觀察，首先是收-p的入聲消失了。黄公紹的《古今韵會》是保存著收-k和收-t的入聲的，但收-p的入聲字已經併到收-t的入聲去了。到了《古原音韵》裏，入聲就完全消滅了。當然其間可能經過一個收〔ʔ〕的階段，就是-p、-t、-k一律變爲〔ʔ〕，像現代吳方言一樣，但是這個階段是很短的。

　　王氏的說法有兩個問題：第一，他認爲由《韵會》看，-p先消失，而-t、-k仍存。由前面本文所論之《韵會》現象可知，他的結論並不正確。第一，他認爲-ʔ的階段很短，主要是因爲他懷疑有-ʔ的中間階段，只憑推想，並未蒐羅大量宋代的語料求證。由本文的討論，可知-ʔ的存在是相當普遍，而不會是很短暫的。

捌、《切韻指掌圖》所見的入聲狀況

　　《指掌圖》舊題司馬光撰，趙蔭棠考證實際成書約在南宋淳熙三年至嘉泰三年（一一七六～一二〇三）之間❸。其入聲也兼配陰陽。不過，陰入相配的情形和《等字》不完全一致。下面是《指掌圖》的陰入相配：

第一圖（效攝）
　　一等配鐸，二等配覺（ -k ）
　　三、四等配藥（ -k ）

第三圖（遇攝）
　　一等配屋沃（ -k ）
　　三等配屋燭（ -k ）

第四圖（流攝）
　　一等配德（ -k ）
　　三等配櫛迄質（ -t ）

第十一、十二圖（果攝）
　　一等配曷末，二等配黠錯（ -t ）
　　三等配薛屑月（ -t ）

第十七圖（蟹攝開口）

　一等配曷（-t）

　二等配黠鎋（-t）

第十八圖（蟹、止攝開口）

　一等配德（-k）

　三、四等配櫛質（-t）

第十九圖（蟹、攝合口）

　一等配沒（-t）

　三、四等配質迄術物（-t）

第二十圖（蟹攝合口）

　二等配鎋（-t）

　上表中，除了第一、三圖外，入聲配置的情形和《等子》都有出入，可能是方音的不同，在主要元音上有差異的緣故。然而 -t、-k 相混（如第四圖和第十八圖）以及 -p 不配陰聲，和《等子》是一致的。

玖、《切韻指南》所見的入聲狀況

　元劉鑑的《切韻指南》是和《等子》、《指掌圖》同一系統的韻圖。入聲也兼配陰陽。下面是陰入配合的情形：

　止攝——物、質（-t）

　遇攝——屋、燭（-k）

　蟹攝——曷、末、鎋、質、術（-t）

　效攝——鐸、覺、藥（-k）

果攝——鐸、鎋（-k、-t）

流攝——屋、燭（-k）

深攝——緝（-p）

咸攝——合、洽、葉、乏（-p）

從這個表看來，「效、遇、蟹」三攝三部宋元韻圖所配相同；止攝三部韻圖都不同：「流、果」兩攝《指南》和《等子》相同❸，《指掌圖》另成一系。不過，-k、-t相混（如《指南》果攝）和-p配-m類字，是三部韻圖共有的現象。

拾、結　論

由上面的八種語料分析，呈現了相當一致的現象，就是入聲-p、-t、-k三類韻尾已經混而無別，但是又不像《中原音韻》一樣，把入聲散入平、上、去中，可知入聲的特性仍然存在，只不過三類韻尾都發生了部位後移，弱化而成相同的喉塞音韻尾〔ʔ〕了。這正是元代入聲消失前的一個演變階段，從宋代語料普遍都呈現這種迹象看，這個過渡階段的時間不會是很短暫的。

研究宋人詞韻的學者大多以押韻很寬來解釋宋詞中-p、-t、-k相押的現象，但是傳統押韻的習慣，對韻尾的要求是很嚴格的，不同的韻尾的押韻也許有少數的例外，而宋詞的大量混用，若不從語音演變上解釋，恐怕是很困難的。況且宋詞之外的語音記錄❸，也呈現了類似的狀況。因此，我們相信，入聲在歷史上的演化過程，正反映在今天的入聲地理分布上。亦即南方（粵、客、閩南）的-p、-t、-k完全保留，中部（吳語、閩北）的轉爲

喉塞音-ʔ，以及北方的傾向消失。宋代的幾百年間，正是喉塞音韻尾的階段❸。

（本論文初稿曾在民國七十七年第六屆全國聲韻學討論會宣讀，今重加整理修訂，撰成本文）

附　註

❶ 大多數古音學者都主張《中原音韻》的入聲已經消失，陸志韋、楊耐思則認爲入聲還存在。

❷ 閩北語的入聲韻尾，董同龢標作-k，《漢語方音字彙》標作喉塞音。

❸ 北方方言尚存入聲的，如山西省，以及河南、河北、陝西的一部分地區。

❹ 見《問學集》第六二二頁，河洛圖書出版社。

❺ 見上書第六三三頁。

❻ 見董同龢《上古音韵表稿》第57至60頁。

❼ 見Laurent Sagart "On the Departing Tane"JCL, Jan 1986.

❽ 見師大國文研究所碩士論文。

❾ 見王力《漢語語音史》第三〇五頁。

❿ 見上書第三〇七頁。

⓫ 見《宋詞音系入聲韵部考》第四〇七頁。

⓬ 其中也包含了八十八個主要元音不同而韵尾相同的例子，剩下仍有絕大多數是韵尾混用的

⓭ 見《宋詞音系入聲韵部考》第三三一頁。

⓮ 參考竺家寧《九經直音的時代與價值》，孔孟月刊19卷2期，一九八〇年。

⓯ 參考竺家寧《九經直音韵母研究》，文史哲出版社，一九八〇

年。

⑯ 參考竺家寧＜九經直音聲母問題＞，木鐸第九期，一九八〇年。

⑰ 參考竺家寧＜九經直音的濁音清化＞，木鐸第八期，一九七九年。

⑱ 參考竺家寧＜九經直音知照系聲母的演變＞，東方雜誌14卷7期，一九八一年。

⑲ 參考竺家寧＜九經直音聲調研究＞，淡江學報17期，一九八〇年

⑳ 見《許世瑛先生論文集》第一冊三一七頁。

㉑ 參考竺家寧《古今韵會舉要的語音系統》第23至25頁，學生書局，一九八六年。

㉒ 參考上書第99至100頁。

㉓ 見陸氏文第八〇頁。燕京學報第三十一期。

㉔ 見趙氏《等韵源流》第86頁。

㉕ 見李榮《切韵音系》第一六九頁。

㉖ 見《問學集》第六〇〇頁。

㉗ 見《音韻學研究》第一輯〈論入聲〉一文，第四四一頁。

㉘ 參考竺家寧《四聲等子音系蠡測》，師大國文研究所集刊第十七期，一九七三年

㉙ 見王力《漢語史稿》第一三四頁。

㉚ 趙氏＜切韵指掌圖撰述年代考＞，輔仁學志四卷二期。

㉛ 《切韵指南·序》說：「古有《四聲等子》，爲流傳之正宗。」可見《指南》的編撰，以《等子》爲藍本。

㉜ 除了本文提到的各種語料之外，許寶華〈論入聲〉一文（收人一九八四年《音韻學研究》第一輯）還提到宋代骨勒茂才的《番漢合時掌中珠》對西夏文的漢字注音，可以看出跟漢語入聲相對應的藏音，不是元音收尾的，就是〔-h〕尾的，不再有-b、-r、-g等韻尾。這個〔-h〕尾可能就是-ʔ尾的譯音。

㉝ 許寶華＜論入聲＞提到，在某些方言裏，-t的變化可能比較特

殊，如唐五代西北方言，現代的江西昌都話，和湖北通城話，都經過或正經歷著一個-r或-l的過程。P. Pelliot和J. Edkins認爲西北方音的發展過程是-t>-ð>-r，最後-r再失落。

原刊《淡江學報》第30期，35-50，臺北。

近代音史上的舌尖韻母

一、前　言

　　近代漢語的舌尖元音〔ɿ〕，在《詩經》、《楚辭》所代表的上古音，和《切韻》系韻書所代表的中古音裏，不見它的踪跡。那麼，這個韻母是什麼時代形成？它的演化過程又如何呢？

　　國語的/ɿ/實際上包含了〔ɿ〕（只出現於 ts、tsʼ、s 的後頭，如「資、此、司」等字）、〔ʅ〕(只出現於 tʂ、tʂʼ、ʂ、ʐ 的後頭，如「知、吃、食、日」等字）、〔ɚ〕（都是零聲母，並以單元音作韻母，如「兒、耳、貳」等字）。這類元音的產生，可以推到宋代，但不是所有的國語這類字都在同一個時候一起出現，而是經歷了相當時間，逐步形成的。下面我們透過各種語音史料觀察，看看舌尖韻母在近代音史上的遞變痕迹

二、聲音唱和圖

　　北宋邵雍（1011～1077）作《皇極經世書》，其中的聲音唱和圖是反映當時語音的音韻表，所列的「十聲」就是十個韻類，但只有前七聲有字，其他三個是用來湊數的。周祖謨〈宋代

洛語音考＞一文❶認爲「聲五」有舌尖韻母。「聲五」的字表是
這樣的：

妻	子	四	日
衰	○	帥	骨
○	○	○	德
龜	水	貴	北

周氏說：

圖中止攝精組皆列爲一等，其韻母必由i變而爲ʅ，同時知
組字亦必變而爲ʅ，故今擬爲i、ʅ、ʅ三類❷。

這個字表的直行，由左而右是平、上、去、入；橫行由上而
下是開、合、開、合。依邵雍的體例，同一橫行的字，韻母總是
相同的。

依周祖謨先生的看法，「妻、子、四」都是ʅ韻母（舌尖前
元音），那麼，同一行的「日」是否也是舌尖前韻母呢？其中
的「妻」爲什麼今天反而不屬舌尖韻母了呢？他所謂的「知組
字」都念爲ʅ韻母（舌尖後元音），應該指的是「衰、帥、水」
等字了，爲什麼韻母相同，卻沒有放在同一行呢？若依周氏的擬
音，則聲音唱和圖的排列竟是如此雜亂（例如「龜、貴、北」是
i，「水」是ʅ，卻列在同一行）。

顯然，聲音唱和圖的韻母情況並不如周氏所猜想的。拙著＜
論皇極經世聲音唱和圖之韻母系統＞一文❸曾對這個問題作深入
討論，改擬一、三行（由上而下）爲-i韻母，二、四行爲-uei韻

母。同時，周氏把上下四行看作是四個「等」的區別，也是錯誤的。因此，聲音唱和圖的時代並沒有舌尖韻母產生。

三、韻　補

薛鳳生先生＜論支思韻的形成與演進＞一文❹認爲吳才老的《韻補》裏，支韻日母「人」字後的，破例列出「資、次、斯、私、茲」等字，是舌尖元音出現的痕迹。吳才老爲宣和六年（1124）進士，如果這項證據成立，那麼北宋末年就已經產生舌尖元音。但是，我們重新翻查《韻補》支韻（原註：古通脂之微），其中有：

　　知　珍離切　　雌　千西切
　　志　真而切　　試　申之切
　　是　市支切

這些都是後世念舌尖韻母的字。再看看「人」字後，有下列各字：

　　資　津私切　　薺　才資切
　　斯　相支切　　私　息夷切
　　茲　子之切

這裏既有後世念舌尖韻母的，也有後世念〔i〕韻母的。可

見《韻補》並沒有把後世念舌尖韻母的字歸在「人」字之後集中安置的現象。而且「智、雌、私」等字的反切下字都是舌面元音（《韻補》反切並非沿襲《廣韻》或《集韻》）。因此，《韻補》中並沒有舌尖元音產生的痕跡，後世念舌尖元音和舌面元音〔i〕的字，《韻補》是混雜在一起而不加區別的。

四、朱熹詩集傳

朱子（1130～1200）《詩集傳》所用的叶音代表了當時的活語言，許世瑛先生曾利用這些資料證明了舌尖韻母的產生。他說：

> 朱子口中讀資、茲、雌、思、斯、祠的韻母是舌尖前高元音，所以改叶爲讀舌面前高元音的字做切語下字。例如思字朱子改叶爲新齎反，斯字改叶爲先齎反，不就是改以齊韻的齎字爲切語下字嗎❺。

許先生考訂當時變讀舌尖韻母的字有：

精母——資、茲、嘉、子、姊、梓、籽
清母——雌、刺
心母——思、絲、私、斯、師、死
邪母——嗣

　　可知原屬「支、脂、之」韻的精系字都變爲舌尖韻母了。雖
然「從」母無實例，亦可類推之。至於「師」字原爲審母二等
字，國語念捲舌音，許先生認爲朱子是讀爲心母的。王力《漢語
語音史》也主張《詩集傳》時已有舌尖韻母❻，除了許先生所列
之外，他又曾加了「兕、姊、俟、涘、耜、汜、似、祀」等字。
後四個邪母字許先生認爲讀爲零聲母（朱子叶「養里反」），韻
母仍是舌面元音而非舌尖元音。王力在書末的〈歷代語音發展總
表〉中，宋代念舌尖元音的，另外還有「賜、四」二字。

　　由上面的資料看，南宋產生的舌尖韻母是由ts-、ts'-、s-類
字先開始的。

五、切韻指掌圖

　　根據趙蔭棠的考訂，《切韻指掌圖》成書於南宋1176～
1230年間❼。董同龢《漢語音韻學》說：

　　《切韻指掌圖》以支脂之三韻的精系字入一等，表明舌尖
　　前元音在宋代產生❽。

趙蔭棠《等韻源流》說：

　　在等的方面，指掌圖給我們一點很可注意的現象，就是
　　茲、雌、慈、思、詞數字的位置。這幾個字在《韻鏡》
　　及《四聲等子》上，俱在四等，所以它們的元音都是〔

ɪ〕。而《指掌圖》把它們列在一等，這顯然是在舌尖前聲母之ts ts′……後邊的元音，顎化而爲〔ɿ〕的徵象。……所可惜者，《指掌圖》格於形式，不能告我們所追隨舌尖後聲母之元音，是否變爲〔ʅ〕耳❾。

　　《指掌圖》第十八圖齒頭音精系下，列於一等而變讀爲舌尖韻母的字有：

　　　　平——茲、雌、慈、思、詞
　　　　上——紫、此、○、死、兕
　　　　去——恣、截、自、笥、寺

這些變爲舌尖韻母的，也都是ts、ts′、s的字。

六、古今韻會舉要

　　元代熊忠的《古今韻會舉要》成書於1297年。書中所注的「字母韻」是當時的語音實錄。拙著《古今韻會舉要的語音系統》一書❿曾歸納「訾字母韻」，認爲這是一個專爲舌尖韻母而設的韻。其中包含了《廣韻》支、脂、之三韻的字，聲母方面絕大部分是ts、ts′、s的字：

　　　　1.咨資姿茲孳輜仔紫姊子恣字自。
　　　　2.雌慈疵詞祠辭此刺次。

3.私思絲司斯廝死似耜俟賜四肆伺寺嗣駟

4.徙璽積

　　上面第4條的「徙、璽」二字，《廣韻》是紙韻s-母字，國語是〔i〕韻母，《韻會》時代音「死」念舌尖韻母。「積」國語也是〔i〕韻母，《韻會》則已變〔ι〕。

　　《韻會》值得注意的是，有一群知系字（《韻會》的知、照兩系字已合併爲「知徹澄審禪」五母）歸入「貲字母韻」：

知——蔏滓戢

徹——差廁

澄——豺士事

審——釃師躧

　　　史駛簁

　　這幾個字我們不能假定其聲母是 ts、ts′、s，因爲《韻會》清清楚楚的注明它們是知系字（這些字屬原「莊系字」）。因此，我們可以假定《韻會》時代開始有了〔ι〕類舌尖元音。

　　上面所列的14字，在《韻會》中實爲14個音，連各音所統的字計算，共有59字（平19，上24，去16）。

　　《韻會》的「羈字母韻」是〔i〕韻母，有許多國語念〔ι〕韻母的字見於這個韻裏，例如「支、知、翅、池、詩」等，也有國語念〔ɚ〕的字，如「貳、餌……」收入「羈字母韻」，可見《韻會》時代這些字還念爲〔i〕，也表明了當時〔ι〕韻母的

範圍比國語小得多，而〔ɚ〕韻字根本還沒有產生。

這些國語是i而《韻會》尚未變讀舌尖韻母的知照系和日母字，共有245字（平90，上86，去69）。

七、中原音韻

元周德法的《中原音韻》作於1324年。這是一部純粹依據實際語音系統而編成的韻書，所謂「韻共守自然之音，字能通天下之語」⓫。其中的「支思」韻正代表了〔ɿ〕韻母。國語üö、üöĭ、ö的〔ɿ〕韻字全在此韻，例如：

平聲陰──訾、茲、孳、滋、資、咨、姿、秄

斯、廝、斯、颸、思、司、絲、雌

平聲陽──慈、鷀、磁、茲、茨、疵、詞、祠、辭

上　聲──此、泚、子、紫、姊、梓、死

入作上──塞（原注：音死）

去　聲──似、兕、賜、似、汜、祀、嗣、笥

耜、涘、俟、寺、食、思、四、駟

次、刺、字、漬、自、恣、廁

其中的「食」字國語是捲舌音，《中原音韻》與「寺、思」並列，當是「飼」字的讀法。

至於知照系的字變〔ɿ〕韻母的，《韻會》只有五十九個字，《中原音韻》則多達九十字，例如：

平聲陰──支、枝、肢、之、芝、脂、差

施、詩、師、獅、尸、屍、鳲

平聲陽──兒、而、時、匙

上　聲──紙、旨、指、止、沚、趾、祉、址、咫

　　　　　爾、邇、耳、餌、珥

　　　　　史、駛、使、弛、豕、矢、始、屎、齒

入作上──澀、瑟（原注：音史）

去　聲──是、氏、市、柿、侍、士、仕、示、諡

　　　　　恃、事、嗜、豉、試、弒、筮、視、噬

　　　　　志、至、誌

　　　　　二、貳、翅

　　這裏所列的字，只是舉例，全部90個知照系字的分佈是：平聲陰22字、平聲陽7字、上聲30字、入作上2字、去聲29字（據《音注中原音韻》，廣文書局）。值得注意的，是入聲之有舌尖韻母，自《中原音韻》始，但數量還很少。

　　〔ï〕韻母的知照系字雖然增加了，但是範圍還是比國語小，因爲在「齊微」韻中仍有一些國語屬〔i〕韻母的字，它們在「齊微」韻中仍念爲〔i〕。例如：

平聲陰──笞、癡、蚩、鴟、絺

平聲陽──池、馳、遲、持

入作平──實、十、什、石、射、食、蝕、拾

　　　　　直、值、姪、秩、擲

上　聲──恥、侈

入作上──質、隻、炙、織、汁、只

　　　　　失、室、識、適、拭、軾、飾、釋、濕

去　聲──製、制、置、滯、雉、稚、致、廌、治

智、幟、熾

入作去——日

這些字都是無照系字，沒有精系字，精系字之舌尖前韻母很早就演化完成了，只有知照系字的舌尖後韻母是逐漸擴展，經過漫長的歲月才完成演化的。

上表所列也只是舉例性質，《中原音韻》中全部尚未變i韻母的知照系和日母字，實際上共有73字（平聲陰10、平聲陽6、入作平13、上聲2、入作上23、去聲17、入作去2）。

我們觀察舌尖後韻母的演化，可以用《韻會》（首先產生舌尖後韻母的材料）和《中原音韻》作一個比較：《韻會》已變舌尖後韻母和未變舌尖後韻母的字，比例是59:245，《中原音韻》的比例是90:73。可以看出，在《韻會》裏，舌尖後韻母字相對之下只是極少數，到了《中原音韻》則超過了未變i的字（這些未變i的字留在齊微韻，而未歸入支思韻）。換句話說，國語i韻母的知照系字，在《中原音韻》裏，已變大體形成了❷。

入聲字的情況稍有不同，在《中原音韻》裏，已變舌尖後韻母的入聲字和未變的，其比例為2:38。國語是舌尖韻母而《中原音韻》還沒變i的入聲字還是佔多數。

至於國語的〔ɚ〕韻母，在《中原音韻》中還不存在，因為「兒、而、二、貳」等字顯然是念作〔ʐɿ〕的，聲母尚未失落，和其他日母字沒有兩樣。

在《韻會》ts裏念〔ɿ〕的「徙、璽、積」三字，《中原音韻》見於齊微韻，可知和國語一樣是舌面元音〔i〕。

八、韻略易通

　　明蘭茂作《韻略易通》，書成於1442年。其中有舌尖韻母的「支辭」韻，和舌面音的「西微」韻對立。國語ts、ts′、s的〔ï〕韻母字全入「支辭」，知照系的〔ï〕韻母字則分散在兩韻裏，情況和《中原音韻》相同，例如在「支辭」的有：

　　　　枝母——支、枝、肢、卮、脂、之、芝、淄、緇
　　　　　　　　止、芷、址、趾、指、紙、旨、咫、沚
　　　　　　　　至、志、誌、贄、志、寘、騺、躓
　　　　春母——差、蚩、嗤、鴟、蚩、翅
　　　　上母——師、獅、尸、屍、施、詩、鳾
　　　　　　　　時、匙、漦
　　　　　　　　史、使、始、矢、弛、豕、屎
　　　　　　　　上、仕、是、氏、事、侍、示、市、恃
　　　　　　　　視、諡、豉、嗜、試、弒、寺
　　　　人母——而、兒、耳、爾、邇、餌、珥、二、貳
　　尚未變〔ʅ〕而留在「西微」韻的如：
　　　　枝母——知、蜘、智、致、制、治、值、置、滯
　　　　　　　　螽、雉、痔
　　　　春母——疾、絺、笞、遲、池、恥、侈、袳、熾
　　　　　　　　幟、馳
　　　　上母——世、逝、噬、誓、筮、勢
　　國語〔ï〕韻母知照系在「支辭」和「西微」的比例是130字比49字，和《中原音韻》90字與73字之比，可以看出兩書相隔

的一百年間，知照系字由〔i〕轉〔ʅ〕的一直在增加，逐漸走向國語音系的痕迹是很明顯的。

至於「人母」的「而、兒……」等字，仍然未像國語一樣變〔ɚ〕。

入聲字變入支辭韻的，仍然很少，只有兩、三個。例如「廁」（與「翅」同音）、「失」等字，這種情況和《中原音韻》類似。

玖、等韻圖經

明末徐孝（1573-1619）撰《重訂司馬温公等韻圖經》，也是完全依據實際語音編成的，共分十三攝，其中的「止攝第三開口篇」含有〔i〕韻母的字：

精照	資子自○	支止至直	齎擠積集
清穿	雌此次慈	蚩齒尺池	妻泚砌齊
囗稔	囗○○○	○疿蒞○	○囗○○
囗審	囗死四祠	詩史世時	西囗細席
影	○爾二而	衣以義宜	

這個字音表，左邊兩行列的是字母，右邊有三大排例字，由左至右分別是〔ɿ〕、〔ʅ〕、〔i〕三類韻母。字母中的「稔」母就是日母，爲「審」母之濁音。又囗母在他的「字母總括」中說：「囗心二母剛柔定」，其凡例又說：

惟心母脱一柔母，見吳楚之方，予以□添心字在內爲母。

可知心母是南方音相對於心母的濁音〔Z〕。徐孝的「剛柔」就是「清濁」之意。

徐孝的《等韻圖經》最值得注意的，就是「爾、二、而」等字歸入了零聲母的「影母」之下，表示這些字已經和別的日母字分途發展，失落聲母而成爲「ɚ」了，這是近代音史上〔ɚ〕韻母出現的最早資料，在近代音史上有其重要的意義。

這個現象也出現在稍遲的《西儒耳目資》中（1626年）❸。其中的〔ul〕自成一攝，代表的正是〔ɚ〕韻母❹。

拾、五方元音

清康熙時代的《五方元音》爲山西人樊騰鳳作於1654～1673年間。書分兩部分，前爲韻譜，後爲韻書。分二十字母，其中「竹、虫、石、日」四母相當於蘭茂之「枝、春、上、人」，也就是知、照系聲母。趙蔭棠、李新魁、王力都擬爲捲舌音ts、ts'、ʂ、ʐ❺。可是十二韻中的「地韻」，「竹、虫、石、日」各母下似乎都有〔i〕、〔ɿ〕兩型韻母，因此，tʂ、tʂ'、ʂ、ʐ的捲舌程度應該比較小，也許近乎tʃ、tʃ'、ʃ、ʒ故能兼配細音〔i〕和洪音〔ɿ〕。各母配合的情形如下：

竹——1.知、智、致、制、治、置、滯、銍、雉

　　　痔、執、汁、質、秩、只、姪、怢、隻

撫、炙、職、織、陟、擲（以上〔i〕）

支、枝、肢、厄、脂、芝、之、淄、輜

　止、芷、址、指、紙、祉、旨、咫、沚

　峙、至、志、誌、贄、寘、騺、躓、側

　嘖、蚱（以上〔ℓ〕）

虫——1.癡、笞、池、遲、恥、侈、袳、熾、尺

　　　赤、斥、敕（以上〔i〕）

　　2.鴟、差、蚩、嗤、齒、翅、廁、叱（以上〔ℓ〕）

石——1.噬、筮、世、逝、誓、勢、石、碩

　　　射、食、蝕、釋、適、殖、植、實

　　　螫、識、飾、式、拭、軾、室、失

　　　十、什、濕（以上〔i〕）

　　2.師、獅、尸、屍、施、時、縈、史

　　　使、矢、屎、豕、舐、士、仕、是

　　　事、侍、示、市、柿、恃、視、諡

　　　豉、試、弒、失、寺、瑟、蝨、色

　　　索、嗇、穡（以上〔ℓ〕）

日——而、兒、耳、爾、餌、珥、二、貳

　　日（以上〔ℓ〕）

　　由這些字的分佈看，和《韻略易通》十分近似，可知《五方元音》受其影響很深。〔ɤ〕韻母一樣沒有分出來⑯。

拾壹、結　論

　　由上面的語料觀察，我們可以把舌尖韻母的演化過程作成這樣的描述：

　　1.北宋時代的語料中，被人懷疑有可能產生舌尖韻母的，有《聲音唱和圖》和《韻補》，本文的分析認爲其中的證據不夠充分，故寧可持保留態度，不認爲北宋時代已有任何形式的舌尖韻母產生。

　　2.南宋初（十二世紀）的精系字後，已有舌尖前韻母產生。朱子《詩集傳》是最早呈現舌尖韻母痕迹的史料。

　　3.元初（十三世紀）有一部分知照系字開始產生舌尖後韻母，這些字主要是中古的莊系字。國中的〔ㄓ〕韻字仍讀爲〔i〕韻母。國語的〔ㄕ〕韻母則全部演化完成。

　　4.十四世紀的元代，念舌尖後韻母的字和國語〔ㄕ〕而當時仍讀〔i〕的比例，已由原先的59:245變成90:73。也就是說，〔ㄕ〕韻母的範圍繼續擴大，已經不止包含中古的莊系字了。入聲字之變〔i〕，自《中原音韻》始。國語〔ㄓ〕韻字這時已由〔i〕轉爲〔ㄕ〕韻母。

　　5.十五世紀的明代，念〔ㄕ〕韻母的字和國語〔ㄕ〕而當時仍讀〔i〕的比例爲130:49，〔ㄕ〕韻字的範圍擴大得接近國語了。

　　6.十六世紀末的明代，〔ㄓ〕韻母終於誕生了。反映這種變化的最早語料就是《等韻圖經》。但是在某些北方官話地區仍保留聲母，韻母還是〔ㄕ〕，例如《五方元音》即是。

　　所用的各種語料，收字的範圍固然會有不同，有的只收常用字，有的兼及罕用字，但這一點並不影響上面所提出的演化的比

例。因爲變舌尖後韻母與未變舌尖後韻母的比例數是就同一部語料比較的，同一部語料的收字體例是一定的，作者不至於故意在已變舌尖韻母的部分收字特別廣，而在未變部分收字特別窄，或者另外一部語料的作者又正與此相反，這是不可能的，因此，比例數應大致可以反映演化的狀況。

在舌尖後韻母字的逐漸增加過程中，偶而也可以從語料中發現幾個相反的例子，例如《中原音韻》支思韻去聲有「笫、噬」，念舌尖後韻母，而在較晚的《韻略易通》裏，這兩個字卻見於西微韻，尚未變舌尖後韻母，這是各語料之間所代表的語言，在先後的演化傳承關係上稍有參差，不完全是直線的關係，因而顯現這樣的幾個相反情況。若就整個情勢看，舌尖後韻母字逐漸擴展的軌迹是相當明顯的，

舌尖後韻母字的演化過程，可以爲「詞彙擴散」（lexical diffusion）理論提供了一個語史上例證。也就是說，在許多情況下，語音是突變的，在詞彙上的擴散是逐漸的。當某一類音變發生，並非所有這個音的詞彙同時都變，而是經歷一段長時間，逐漸由一個詞彙擴散到另外一個詞彙。

附　註

❶　見《問學集》，河洛出版社，1979年，台北。原作發表於1942年。

❷　見《問學集》602頁。

❸　見《淡江學報》第二十期，1983年，台北。

❹ 見《書目季刊》14卷2期，1980年，台北。

❺ 見＜朱熹口中已有舌尖前高元音說＞，《淡江學報》第九期，1970年。收入《許世瑛先生論文集》第一集，引文見第310頁。

❻ 見其書第301～303頁。書作於1985年。

❼ 見＜切韻指掌圖撰述年代考＞一文，收入《等韻源流》第94～107頁。文發表於1993年。

❽ 見其書第197頁。

❾ 見其書第94頁。

❿ 台灣學生書局出版，收入中國語言學叢刊。1986年，台北。

⓫ 見周德清自序。

⓬ 〔i〕變〔ʅ〕的，以莊系字最早，因此，支思韻多莊系字，而齊微韻中，國語念〔ʅ〕韻母的，一個莊系字也沒有。〔i〕未變〔ʅ〕的，大部分是，入聲字，這可以由國語念〔ʅ〕而歸入齊微韻的情形看出來。可知入聲的〔i〕〔ʅ〕較晚。

⓭ 作者金尼閣（Nicolas Trigault），這是傳統音韻史料唯一注明音標的書。

⓮ 見陸志韋＜金尼閣西儒耳目資所記的音＞，燕京學報第三十三期，124頁。

⓯ 趙蔭棠擬音見其《等韻源流》210頁；李新魁擬音見《漢語音韻學》78頁；王力擬音見《漢語語音史》393頁。

⓰ 《五方元音・自敘》：「因按《韻略》（指《韻略易通》）一書，引而申之，法雖淺陋，理近精詳。」趙蔭棠也說此書係根據《韻略易通》而加刪增者。

⓱ 見王士元"Competing Changes as a Cause of Residue"一文。

原刊《聲韻論叢》第三輯205-223，學生書局，臺北。

清代語料中的ㄜ韻母

提　要

由中古到現代的語音發展中，舌面後展唇韻母〔ɤ〕（注音符號ㄜ）是一個相當晚起的成分。中古音系裏沒有它的蹤迹，宋代以後的語料，一直到明末的《西儒耳目資》、清初的《五方元音》也都看不到它的影子。然而，康熙開始的幾部韻圖裏，ㄜ韻母的痕迹終於出現了。

本文針對清代的幾部語料分析，考察ㄜ韻母生成與發展的過程，發現它最先出現在一群中古收-K的入聲字裏，後來又擴充到非入聲的歌戈韻裏，最後才伸入車遮韻的領域。到今日，ㄜ韻母形成一個多來源的局面。中古的十六攝中，有一半的攝可以找到今日ㄜ韻母的源頭。我們可以說，ㄜ韻母的發展過程是一個「滾雪球式的語音類化」，是漢語音變的一個特殊類型。

壹、前　言

漢語音史的研究，必需透過各時代的語料，進行詳細的分析比較，才能具體的找出語音遞變演化的痕迹。過去的聲韻研究多

偏重於先秦古音和《廣韻》反切，較略於元代以後的近代音部分，而這段時間又是研究材料最豐富、開發潛力最可觀的階段，現代漢語音系的許多成分，都可以從中看出逐步形成與發展的過程，因此，元明清的語料自有重要的研究價值。

　　現代漢語裏的舌面後展唇半高元音ㄜ韻母❶，是個相當晚起的韻母，中古音系裏固然沒有它的蹤跡，宋代的語音史料中，也找不出ㄜ出現的徵兆❷。元代的《中原音韻》分十九個韻類❸，沒有一個韻是表現ㄜ韻母的。元代的另一項語音實錄——《韻會》的字母韻共分216韻❹，也沒有一個韻是念ㄜ的。

　　明代的大批韻書和韻圖資料，例如：

　　　朱權《瓊林雅韻》分十九韻
　　　陳鐸《菉斐軒詞林要韻》分十九韻❺
　　　范善溱《中州全韻》的十九韻
　　　樂韶鳳奉敕撰的《洪武正韻》分七十六韻
　　　蘭茂《韻略易通》的二十韻
　　　畢拱辰《韻略匯通》的十六韻
　　　袁子讓《字學元元》的二十二韻
　　　葉秉敬《韻表》的三十韻
　　　梅膺祚《韻法直圖》的四十四韻
　　　李嘉紹《韻法橫圖》的四十二韻
　　　桑紹良《青郊雜著》的十八韻
　　　呂坤《交泰韻》的二十一韻
　　　喬中和《元韻譜》的十二韻

方以智《切韻聲原》的十六韻

徐孝《重訂司馬溫公等韻圖經》的十三韻

朝鮮的《翻釋老乞大朴通事》

利馬竇《程氏墨苑》的羅馬字注音

金尼閣《西儒耳目資》的四十五韻

這些明代資料都有絲毫帶ㄜ韻母的迹象。因此，我們可以說，一直到明代ㄜ韻母都沒有產生。

清初是ㄜ韻母產生的時代，本文即針對幾部清代語料分析，嘗試找出ㄜ韻母的痕迹。

貳、樊騰鳳《五方元音》的十二韻

樊氏字凌虛，堯山西良村人。據趙蔭棠《等韻源流》，書成於順治十一年與康熙十二年之間（1654-1673）❻。應裕康先生《清代韻圖之研究》則認爲是順治十八年至康熙九年之間（1661-1670）所作。❼

書分十二韻類，以天地及動物名作爲韻目，其音讀如下：❽

天　an,ian,uan,yan

人　ən,iən,uən,yən

龍　əŋ,iəŋ,uəŋ,yəŋ

羊　aŋ,iaŋ,uaŋ

牛　ou,iou

獒　au, iau

虎　u

駝　o,io,uo

蛇　ie,ye

馬　a,ua

豺　a1,iai,uai

地　ï,i,ei,uei,y

前四韻是陽聲韻，然後是三個收-u的韻，再來是三個開尾韻，最後是兩個收-i的韻。整個系統裏，沒有ㄜ韻的位置。而國語念ㄜ韻母的字，《五方元音》卻是散見於各韻的：

〔駝〕　将、歌、各、戈、可、渴、科、顆、課、何、荷、
　　　　賀、曷、禾、餓、惡、訛
　　　　這些字和其他念-uo的字混在一起。

〔蛇〕　埒、遮、者、蔗、哲、車、徹、折、蛇、捨、舌、
　　　　惹
　　　　這些字和其他念-ie的字混在一起

〔豺〕　責、策、格、客、核、額
　　　　這些字和其他念-ai的字混在一起。

〔地〕　忒、側、則、塞、色、紇
　　　　這些字和其他念-ei的字混在一起。

由此推測，順治康熙之間還沒有產生ㄜ韻母。

叁、馬自援《等音》的十三韻

　　馬氏生平不詳，趙蔭棠考証其父名馬三寶，曾附吳三桂。並考訂此書成於康熙十三年之後（1674）。❾

　　其書的韻母共十三類，乃歸併《洪武正韻》而成，茲錄其歸併之情況，及李新魁先生《漢語音韻學》之擬音如下：❿

1. 光　正韻十七陽同此。

　　光uaŋ，岡aŋ，姜ioŋ，江iaŋ，恇yaŋ

2. 官　正韻九寒十刪十一先二十一覃二十二鹽同此，皆五音中字也。

　　官uan，干an，兼iɛm，間ian，涓yan

3. 公　正韻一東十八庚同此，庚乃商音中字。

　　公uŋ，庚əŋ，絅iuəŋ，京iŋ，弓yuŋ

4. 裩　正韻十八眞二十侵同此，侵乃角音中字。

　　裩un，根ən，金im，巾in，君yn

5. 高　正韻十二蕭十三爻同此，皆五音中字也。

　　高au, 交iau

6. 乖　正韻六皆同此。

　　乖uai，該ai，皆iai

7. 鈎　正韻十九尤同此。

　　鈎ou，鳩iou，樛you

8. 規　正韻七灰同。

　　規uei，ei

9. 鍋　正韻十四歌同此。

　　鍋uo，歌o

10. 國　正韻十八遮同此。

　　國ue˄，革e˄，e，結ie˄ ie，決ye˄,ye

11.孤　正韻五模同此。

　　孤U

12.基　正韻二支三齊四魚同此，皆五音中字也。

　　基i，骨u˄，u，ï，ɚ，居ㄐ

13.瓜　正韻十五麻同此。

　　瓜ua，迦a

　　在上面這樣的音韻系統裏，並沒有ㄜ韻母的位置。有可能是ㄜ韻母的「鍋」、「國」二韻，前者必需容納-uo型韻母，後者有「結、決」相配，顯然是以e作主要元音的。

　　此外，國語屬ㄜ韻母的字，《等音》散見於各韻中：

　　〔鍋〕　科、課、訛、何、歌、軻、可、餓、賀、各、渴、
　　　　　　惡、恪

　　〔國〕　革、遮、車、奢、者、蔗、舍、格、客、額、德、
　　　　　　忒、則、塞、設、厄、勒、蛇、輒、攝

　　〔瓜〕　閣、溢

　　因此，康熙時代的《等音》還沒有ㄜ韻母。

肆、林本裕《聲位》的十三韻

　　林氏字益長，遼左人。所作《聲位》承馬氏《等音》，而略有修訂。清人高嶠映將二書匯合，稱爲《等音聲位合彙》，收入《雲南叢書》中。林氏的韻類也分爲十三：

1. 光、狂、廣、誑、借九
2. 官、樌、管、貫、借十
3. 宮、頌、拱、貢、借十一
4. 昆、豚、袞、棍、借十二
5. 高、熬、夭、告、借九
6. 乖、詭、拐、怪、借十
7. 鉤、齁、苟、姤、借十一
8. 圭、葵、癸、桂、借十二
9. 鍋、譌、果、過、郭
10. 庶、蛇、者、蔗、國
11. 沽、吾、古、固、谷
12. 初、鋤、沮、著、汩
13. 瓜、華、寡、卦、刮

　　各韻的順序和內容都和《等音》相同，只調整了幾個韻目名稱。國語さ韻母字散見各韻的情況與馬氏書相同。因此《聲位》音系也還沒有產生さ韻母。

伍、趙紹箕《拙菴韻悟》的六獨韻十四通韻

　　趙氏字寧拙，易水人。其《拙菴韻悟》成書於康熙甲寅（1617年）。書中有關韻母的，包括「六奇韻」、「六獨韻」（與「六奇韻」「完全相同」）、十四通韻、二十八通韻、八十四偶韻。趙蔭棠認爲，簡單說的話，六獨韻與十四通韻即可代表其

分韻的大致。其擬音爲：**⓫**

六獨韻

姑u 枯ə 其i 支ʅ 咨ʅ 居y

十四通韻

昆ən 官an 幺uŋ 光aŋ 規iɛ 乖ai
鈎ou 高au 格ə 加ɔɛ 戈o 瓜a
姑兒ur 閣兒ə r

其中的「支」、「咨」擬音恐係倒置。獨韻之「格」與通韻之「格」屬同一發音，因爲在「獨韻會聲圖」中與「格」音相當之位塡有韻字，而在「通韻會聲圖」中與「格」音相當之位全係空白。可見作者是爲了配合的關係，才把一音兩列。

「格」的擬音ə，實即國中的ㄜ，這是ㄜ韻母出現的最早語料。

李新魁先生據八十四偶韻擬音如下：**⓬**

昆un 根ən 巾in 真ən 簪ən 君yn
官uan 甘an 堅iɛn 占an 贊an 清yan
公uŋ 庚北əŋ 京iŋ 征əŋ 曾əŋ 烏yəŋ
光uaŋ 剛aŋ 姜iaŋ 張aŋ 臧aŋ 居汪
規uei 革北ei 基厄 摘ei 則ei 居威
乖uai 該ai 皆iai 齋ai 哉ai 居歪
姑歐 鈎ou 鳩iou 周ou 陬ou 居攸
姑爐 高au 交iau 招au 遭au 居幺
蠣南uəʔ 格南əʔ 基阨 支阨 宅阨 居阨

姑胞　格耶　迦ie　遮e　咨耶　厭ye

戈北uo　歌北o　角南io　灼io　作o　居倭

瓜ua　閣南a　加ia　查a　帀a　居哇

姑兒俗ur　格兒俗ər　基兒俗ir　支兒俗r　咨兒俗r

居兒俗yr　瓜兒俗uar　閣兒俗ar　加兒俗iar　查兒俗ar

巾兒俗ar　厭兒俗yer

這個表有幾點要說明的：

1.表中注明「北」的，是採自北音的念法；注明「南」的，是採自南音的念法；注明「俗」的，是採自北方方言的口語。

2.表中末兩行是當時北方口語中的兒化韻。

3.表中有些韻母是重複出現的，這是由於越氏雜有「音有定數、定位」的觀念，而訂出了一些「虛位」。也有一些是「有音無字」的，則用反切的形式補空位，如「基阨」、「格耶」等，

其中，最值得注意的，是「蟈、格」一組，李氏擬音爲央元音〔ə〕的韻母類型，和「戈、歌」一組的〔o〕型韻母對立。事實上，很可能就是最早的舌面後展唇半高元音ㆦ的証據。同組中列出了三個同韻母的字：

蟈　（麥韻古獲切）

格　（陌韻古伯切）

阨　（麥韻於革切）

它們在中古發音上有幾個共同的特徵：

1.都是二等麥陌韻的字——就韻母看

2.都是收-K的入聲字——就聲調看

3.都是牙喉音字——就聲母看

在這樣的語音條件下，很容易促成ㄜ韻母的產生。因爲舌根性的〔-K〕韻尾有偏後的發音特性，加上牙喉音的聲母，也有偏後的特性，因此在同化作用下造成了舌面後的ㄜ元音韻母。

趙蔭棠對於此表有這樣的看法：❸

> 在他的八十四偶韻裏邊，……他既然（把「蟈、格」）注明南韻，當然與《五方元音》將蟈列入豺韻，將格列入地韻有些不同。再看他的「通韻會聲圖」太陰抑嗓韻裏，將虢與閤並列，顯然虢與閤同音；而虢與蟈在《五方元音》是同音的。由此，我們可以知道蟈與閤也是同音的；而且在他的吸字統聲之中，所隸於阨下者，就是虢字，它們既然與閤同音，當然是讀ə音了。再看格字，在「入聲會韻圖」裏與灼字並列，灼字在《五方元音》駝韻中，不讀o就是讀ə；但o音有阿字代表，它當然是讀ə了。

趙蔭棠所主張的ə韻母，也就是本文所談的ㄜ韻母。由他的考証，當時念ㄜ韻的字還包括「虢」、「閤」、「灼」三字。

另外，在《拙菴韻悟》的「通韻會聲圖·大陰抑嗓」中，又列出同類型韻母的字十六個，下面分別注出它們的《廣韻》音讀：

虢（陌古伯）　　閤（末苦栝）

格（陌古伯）　　克（德苦得）

赫（陌呼格）　　阨（麥於革）

德（德多則）　　或（德胡國）

鳻（德奴勒）　　勒（德盧則）

伯（陌博陌）　　拍（陌普伯）

陌（陌莫白）　　責（麥側革）

拆（陌丑格）　　色（職所力）

　　連同前面提到的，《拙菴韻悟》中讀さ韻母的字共有二十二個。它們全都是入聲字。我們可以這樣說：近代さ韻母的產生，是由入聲字發端的。

　　由上面這樣字的來源看，主要是「德、麥、陌」韻的字，屬中古「曾、梗」攝，韻母原爲-ək型。到了清代初年已不念入聲，韻母由-ə部位稍後即形成さ韻母。這種部份後移也可能是受古根韻尾-k（或後來轉成的喉塞音韻尾-ʔ）的影響。至於元音的高低、展圓都沒有改變。

　　我們主張這些字當時念さ，還有幾個理由：第一，在《拙菴韻悟》的整個韻母體系中，它是獨立於〔-ai〕、〔-ei〕、〔-uo〕等韻母之外的一類，而現代國語它主要是念爲さ的。第二，在其音系中，沒有〔ə〕與さ的對立，從歷史上看，宋代屬「曾、梗」攝的時代，就已經是以〔ə〕爲主要元音了，說它經歷了元、明，到清代仍是〔ə〕，而不是近代的さ，這是很難解釋的。況且，演化途中我們不能忽略它還經歷入聲消失的變遷，這是近代漢語音的大變化，能對主要元音不生絲毫影響嗎？第三，央元音〔ə〕是個弱音，強一點就是さ。當它不是入聲，而是陰

聲韻時，它就成了單元音作韻母，它成了獨當一面，音節中的主
體成分，還會是個弱勢的〔ə〕嗎？

因此，無論就《拙菴韻悟》的韻母系統看、就歷史演化看，
就音節結構看，擬爲**ぐ**比〔ə〕更合適一些。

不過，當時的**ぐ**韻母，範圍要比國語小得多。國際念**ぐ**韻的
字，在趙氏的表裏還散見於各類韻中：

〔規〕　　革、則、厄（-ei）

〔迦〕　　遮（-e）

〔戈〕　　戈、歌（-o）

〔瓜〕　　閣（-a）

陸、不著撰人的《五音通韻》分十二攝

是書不著作者姓名，趙蔭棠《等韻源流》末加著錄，只在序
中提及云：「抄本，作者未詳，約在康熙」。❶

書中分韻母爲十二攝，各攝擬音依應裕康先生是：❶

(1)　　心　ən, iən, uən, yən

(2)　　別　ie,ye

(3)　　光　aŋ,iaŋ,uaŋ

(4)　　果　o,io,uo,yo

(5)　　行　əŋ, iəŋ,uəŋ,yəŋ

(6)　　泰　ai,iai,uai

(7)　　賢　an,ian,uan, yan

(8)　　卦　a, ia,ua

(9)　　州　ou,iou

⑽　　位　uei

⑾　　逍　au,iau

⑿　　支　ï,ɤ,i,u,y

其中需要留意的是第十二支攝。支攝字分「齊齒呼、開口
呼、合口呼、撮口呼」四類。所包含的字有：

齊齒呼——希、西、飢、欺……；入聲吸、悉、吉、乞……
　　　　　等字，應屬〔i〕韻母字。

合口呼——烏、呼、蘇、孤……；入聲屋、忽、速、谷……
　　　　　等字，應屬〔u〕韻母字。

撮口呼——語、虛、須、居……；入聲郁、旭、戌、菊……
　　　　　等字，應屬〔y〕韻母字。

開口呼——思、資、雌……等字，應屬舌尖韻母字。

而開口呼所配的入聲共十六字：

餃　劾　塞　祓　刻　則　城　德

忒　勒　螆　墨　北　色　側　測

這些字不可能念舌尖元音韻母，由現代念法和清代語料比
較，應該是さ韻字。這是漢語史上さ韻母出現的又一項証明，時
代的康熙年間。

柒、不著撰人的《內含四聲音韻圖》分十四韻

這部韻圖附在《康熙字典》前面，撰人不詳。羅常培＜切韻
魚虞的音值及其所據方音考＞認爲作於明萬曆四十年（1612）

至清康熙五十年（1711）之間❶。李新魁先生認爲作於清代初年
❶。

　　《內含四聲音韻圖》和《康熙字典》前頭所附的另一部韻
圖《明顯四聲等韻圖》合稱「字母切韻要法」。《內含圖》較簡
單，只有四個圖：開口正韻、開口副韻、合口正韻、合口副韻。
每圖橫列字母，始見終日；從分韻母，如開口正韻由〔a〕（
迦、打、巴、哈、拉…）而下至〔o〕（歌、多、波、何、羅…
…）共分十四列，代表十四種韻母類型。開口副韻即齊齒呼，是
帶有〔i〕介音的韻類；合口正韻是帶有〔u〕介音的韻類；合口
副韻即撮口呼，是帶有〔y〕介音的韻在開口正韻圖中的第五
列，包括了下面幾個字：

　　祴　刻　扐　得　忒　特　移　北　蠆
　　德　墨　則　城　賊　塞　踣　西　紇　勒

　　凡是同列的，韻母類型都相同，其他各列中已有了〔ei〕（
如「悲、倍、眉」）、〔ai〕（如「該、開、台」）等型韻母，
那麼，這一列所代表的當然就是ㄜ韻了。其中除了「蠆」（怪韻
薄拜切）字外，都是入聲字。

捌、不著撰人的《明顯四聲等韻圖》分十二攝

　　這是附在《康熙字典》前面的第二份韻圖。比《內含圖》要
複雜，共分十二攝（十二個圖）。應裕康先生之名攝擬音如下：
❶

　　1.　迦攝　a,ia,ua, ya

2. 結攝　e,ie,ue,ye

3. 岡攝　aŋ,iaŋ,uaŋ,yaŋ

4. 庚攝　əŋ,iəŋ,uəŋ,yəŋ

5. 祴攝　ə,i,u,y

6. 高攝　au,iau

7. 該攝　ai,iai,uai,yai

8. 傀攝　əi,iəi,uəi,yəi

9. 根攝　ən,iən,uən,yən

10. 干攝　an,ian,uan,yan

11. 鉤攝　ou,iou

12. 歌攝　o,io,uo,yo

其中，值得注意的是「祴攝」。《明顯圖》各攝的結構也是橫列字母，始見終日；縱分開、齊、合、撮四大格，由上而下，各大格再分平上去入四小格，也是由上而下。分析「祴攝」的四呼是：

齊齒呼——飢、提、尼、皮、衣、離（以上〔i〕韻母）；知、池、治（以上為知系字，念舌尖元音韻母）；支、齒、殖、世、示（以上為照系字，也念舌尖韻母）；子、此、思、詞（以上為精系字，念舌尖韻母）

合口呼——孤、都、菩、夫、租、初、烏、盧（以上〔u〕韻母）

撮口呼——居、女、取、諸、虛、驢（以上〔y〕韻母）

至於開口呼，最為特別，平上去聲的位置都空著，只有入聲列了十九字，和《內含圖》的十九個ㄜ韻母字完全相同。顯然《明顯圖》祴攝開口欄是專為ㄜ韻母字而設的。不過唇音「北、

憶、署」諸字有用圈圍起來的「悲、配、妹」（通常用圈是表示
有音無字的）諸平上去聲字相配，而傀攝開口唇音欄，這些字又
重複出現，如圈的卻換成了「北、憶、墨」諸字，（這樣的安排
可能顯示「北、憶、墨」有ㄜ和-ei（或-əi）兩讀。

　　由上兩節的分析看來，康熙時代的「字母切韻要法」已經產
生了ㄜ韻母字，它的範圍還只局限於入聲字當中。

玖、賈存仁《等韻精要》分十二類

　　此書作於乾隆四十年（1775）[19]。韻目取動物名稱，共分十
二類。[20]

1.　獅　ɣ,ï,i,u,y

2.　馬　a,ia,ua

3.　蛇　e,ie,ue,ye

4.　駝　o,io,uo,yo

5.　牛　ou,iou

6.　獒　au,iau

7.　豺　ai,iai,uai

8.　龜　uei

9.　龍　əŋ,iəŋ,uəŋ,yəŋ

10.　羊　aŋ,iaŋ,uaŋ

11.　猿　an,ian,uan,yan

12.　麟　ən ,iən,uən,yən

　　其中，需要進一步討論的，是第一類「獅」。《等韻精要》

的格式爲橫列聲母，由右到左，依「喉、舌、顎、齒、脣」順序。縱分開、齊、合、撮，然後再分「中、平、上、去、入」。「獅」韻的齊、合、撮分別是〔i〕、〔u〕、〔y〕三類韻母的字，和其他清初韻圖的格式類似。開口欄較特殊，除了顎音有「知、池、世」、齒音有「咨、雌、思」等舌尖韻母的字外，其他的平上去聲位置全部空著，只有入聲有字：

　　餲、黑、祴、刻、鐿

　　勒、得、忒、鼃

　　塞、則、城

　　北　踣、墨

　　這些入聲字大致和前面談到的幾部韻圖相同，它們都是ㄜ韻母的字。可知康熙到乾隆時代，ㄜ韻母產生之初，範圍一直局限在入聲，範圍比現代國語要小得多。國語ㄜ韻母的字還散見於《等韻精要》的其他各韻中，念成其他的韻母：

　　〔馬〕　　蛇、遮、車、捨、者、赦、舊（-ia）
　　〔蛇〕　　蛇、遮、車、社、者、設、蔗、折、冊（-ie）
　　〔駝〕　　惡（-o）

馬、蛇二韻重出的字是有〔-ia〕、〔-ie〕兩讀的緣故。

《等韻精要》龜韻末行云：

　　此韻入聲舊法寄獅韻，今按似當寄蛇韻。

指的是「厄、赫、客、額、設、折、徹……」等字，如入獅韻，應念ㄜ韻母，如入蛇韻，則念-ie韻母，賈氏的語言顯然是-ie的，所以把這些字放在蛇韻，在《拙菴韻悟》裏，「赫」字屬ㄜ韻母，與貢氏不同。

拾、李汝珍《音鑑》的二十一韻

李氏書成於嘉慶十年（1805）㉑。韻母有二十二類：㉒

1. 江陽　aŋ,iaŋ
22. 江陽　uaŋ
2. 真文元侵　ən,iən
16. 真文元　uən,yən
3. 東冬　uŋ,yuŋ
4. 魚虞　u,y
5. 蕭肴豪　au, iau
6. 支佳灰　ai,iai
21. 支佳灰　uai
7. 支微齊　ï,i
8. 麻　e,ie
14. 麻　a,ia
20. 麻　ua
9. 元寒刪覃咸　an,ian
10. 先鹽　en,ien
11. 元寒先　on（官、潘），yon
18. 刪咸　uan（關、慣），yan
12. 尤　ou,iou
13. 歌　ɤ
19. 歌　uo,yo
15. 支微齊佳灰　uei

17. 庚青蒸　əŋ,iəŋ

其中值得注意的，是第13、19歌韻字之分爲二類。李氏卷首凡例五云：

> 同母於歌韻雙列者，係爲北音而設，蓋北於賀貨，簡過之類，俱分兩音，非雙收則音不全。

這段話正是表明當時的北方音系中，歌韻字已區分爲〔-uo〕、〔-ɣ〕兩型韻母。

又《音鑑·卷三》第二十四問初學入門論，論「眞婀切」及「珠窩切」之音云：

> 以眞婀切音而論，雖無其字，然以二字合而呼之，其音近於「遮」也。……珠窩一字，合而呼之，其音近「捉」陰平也。又云：
>
> （眞婀切），此與下列珠窩切，北音分之甚詳。

所謂「眞婀切」，就是第13韻的〔ɣ〕（**さ**）韻母，「珠窩切」就是第19韻的〔uo〕韻母。

下面我們把《音鑑》這兩韻的字整理出來，看看 **さ** 韻母的範圍有多大。

滿字母　13韻　摸摩麼磨

　　　　19韻　摸摩麼磨

溪字母　13韻　〇〇〇〇

	19韻	○瘑○○
嫩字母	13韻	○○○○
	19韻	○挪娜懦
紅字母	13韻	訶何歌呵
	19韻	○○火貨
松字母	13韻	○○○○
	19韻	梭○鎖些
巒字母	13韻	○○○○
	19韻	○羅攞邏
空字母	13韻	科○顆課
	19韻	誇○咵胯
翠字母	13韻	○○○○
	19韻	蹉矬脞剉
鷗字母	13韻	翠娥○○
	19韻	窩○我臥
盤字母	13韻	坡婆叵破
	19韻	坡婆叵破
翾字母	13韻	○○○○
	19韻	靴○○○
對字母	13韻	○○○○
	19韻	多○朵剁
陶字母	13韻	○○○○
	19韻	拖跎妥唾
博字母	13韻	波○跛簸

```
          19韻　波○跛簸
箇字母　13韻　哥○○箇
          19韻　鍋○果過
醉字母　13韻　○○○○
          19韻　傛○左做
```

這是依聲母排列的字音表，其中的唇音字在13、19韻中都重見，它們應該都念成-uo韻母。除此之外，在13韻出現的都是さ韻母字。從聲母上看，這些さ韻母都是牙喉音。

さ韻母由入聲擴大到非入聲（主要是歌戈韻字），李氏的《音鑑》實爲最早之資料。這表示嘉慶時代さ韻母字開始擴張，不僅僅止於入聲字了。

至於入聲的さ韻字，《音鑑》置於第二十五問「北音入聲論」中：（括號內注明李氏的注音）

1.　喝　（哼婀切，音訶）

2.　渴　（懇跛切，音可）

3.　閣蓋革格骼膈鬲　（敢娥切，音哥陽平）

4.　割擱鴿隔　（崗婀切，音哥，又隔字亦讀敢娥切）

5.　磕殼　（康婀切，音科，又殼字亦讀去臥切）

6.　勒　（爛卑切，又浪箇、賴媚二切）

7.　鶴　（寒螯切，音豪，又號箇切）

8.　額　（昂和切，音娥，又按箇切）

9.　測　（此娥切，又雌婀切，又次箇切）

10.　則澤擇　（子娥切，又擇字亦讀掌崖切）

11.　奪鐸　（董娥切）

12. 得德　（等娥切，或讀斗美切）

13. 角覺爵　（舉娥切）

14. 核劾覈曷褐餲盍闔榼合　（恆蛾切，音何）

15. 各　（垢賀切，音箇）

16. 肋　（賴媚切，音淚，又浪箇切）

17. 赫壑紒齘　（號箇切，音賀、又紒字亦讀按箇切）

18. 克剋客刻酷　（抗賀切，音課）

19. 樂　（浪箇切）

20. 惻　（次箇切）

21. 特忒　（透賀切）

22. 仄昃　（字箇切）

23. 策冊　（字箇切）

以上二十三組入聲さ韻母字是由李氏所注的反切下字或直音來判斷的。凡是反切下字屬第13韻的（唇音字除外），韻母必爲さ。由這些注音資料看，入聲的性質已經消失，讀同陰聲字了。

其中有許多兩讀的字，表現了さ韻母處於形成的過渡階段。例如第5組的「殼」字有〔-ɣ〕、〔-uo〕兩讀，第6組的「勒」字有〔-ei〕、〔-ɣ〕兩讀，第7組的」「鶴」有〔-au〕、〔-ɣ〕兩讀，第10組的「擇」字有〔-ɣ〕、〔-ai〕兩讀，第12組的「得德」和第16組的「肋」有〔ɣ〕、〔-ei〕兩讀。至於第4組、8組、9組、17組的又讀則屬聲母、聲調的差異。

《音鑑》的さ韻範圍雖然擴大了很多，比起現代國語，仍然要狹窄。例如下面國語念さ的字，《音鑑》仍分別放在不同的韻

中：（括號內是李氏的注音）

　　第8韻（-ie）──螫（張赊切，音遮）

　　　　　　　　──折哲蜇蟄陟摺（掌蛇切，音遮陽平）

　　　　　　　　──舌涉折（神邪切，音蛇）

　　　　　　　　──浙（振舍切、音射）

　　　　　　　　──設攝（尚蔗切，音射）

　　　　　　　　──熱（認鴯切）

　　　　　　　　──稽薔澀色瑟（四蔗切，又尚蔗切）

　　　　　　　　──車（昌赊切）

　　　　　　　　──遮（眞赊切）

　　第6韻（-ai）──塞（思皆切，又去聲）

　　由此可知，絕大部分《音鑑》不念ㄜ（而國語是ㄜ）的，都在〔-ie〕韻中，和「些、嗟、爹、爺」等字同列。❷❸

　　但是，也有少數國語並不念ㄜ，《音鑑》卻是ㄜ韻的，例如「奪鐸」、「角覺爵」等字。可見《音鑑》和國語的音系，並無直接相承的關係。

拾壹、結　論

　　現代ㄜ韻母的來源，表面看起來似乎是雜亂的，沒有規律的，它幾乎看不出衍自中古的哪一個特定音類或條件。它包含了中古「果、假、咸、山、宕、江、曾、梗」等攝的字，來源佔了十六個攝的一半。從ㄜ韻母的演化情形看，我們可以稱之爲「滾雪球式的語音類化」，可以說是漢語音變的一個特殊類型。

　　從歷史語料中追索ㄜ韻母演化的痕迹，可以証明它一直到明代都還沒有出現。清康熙時代開始有了它的蹤跡，《拙菴韻悟》、《五音通韻》、《字母切韻要法》是最早含有ㄜ韻母的韻圖，它最先出現於幾個二等麥陌韻收-k的入聲中，而且聲母多半是牙喉音。

　　乾隆時代的《等韻精要》也收有ㄜ韻母，出現範圍與康熙時代的韻圖相同。到了嘉慶時代的《李氏音鑑》，ㄜ韻母的範圍開始擴大到了非入聲字，主要是一些歌戈的韻字。但是車遮韻的字還不曾轉爲ㄜ韻母。這就是呈現在清代語料中，ㄜ韻母發展的幾個階段。茲總結如下：

　　一、曾梗攝入聲字（麥陌德韻）受韻尾消失影響，元音由〔ə〕向ㄜ變化。此爲第一階段。

　　二、果攝非入聲字（歌戈韻）經展唇化的演變。元音由後低的〔a〕（一等字）→〔o〕→ㄜ。〔o〕和ㄜ的高低、前後都相同，只展圓有別。此爲第二階段。

　　三、車遮〔-ie〕一類字受ㄜ韻的吸引，也類化成了ㄜ韻母（如奢、車、遮、折、舌、涉、者、捨、舍、社、射、赦等字）。此爲第三階段。

附　　註

❶　由於國際音標的ㄜ元音極不易印刷，常造成校對上的困擾，故本文多半採用注音符號標示，只在必要時才使用國際音標的這個符號。

❷ 像《四聲等子》、《切韻指掌圖》、《切韻指南》、《皇極經世、聲音唱和圖》、《詩集傳》的叶音、《九經直音》、宋詞的用韻等，都是宋代的語料。

❸ 這十九個韻是：1.東鍾，2.江陽，3.支思，4.齊微，5.魚莫，6.皆來，7.眞文，8.寒山，9.桓歡、10.先天，11.蕭豪，12.歌戈，13.家麻，14.車遮、15.庚青，16.尤侯，17.侵尋，18.監咸，19.廉纖。

❹ 216個字母韻中，陽聲102韻；入聲29韻；陰聲85韻。若依平上去併爲一組，則陽聲37組，陰聲29組，見竺家寧《古今韻會舉要的語音系統》第18至23頁。

❺ 此書又稱《詞林韻釋》，原不著撰人。後人考訂爲明陳鐸所撰。見李新魁先生《漢語音韻學》第62頁。

❻ 見《等韻源流》第226頁。

❼ 見《清代韻圖之研究》第345頁。

❽ 擬音參考《清代韻圖之研究》第358至360頁。

❾ 見《等韻源流》第230頁。

❿ 見《漢語音韻學》第266頁。

⓫ 見《等韻源流》第228頁。

⓬ 見《漢語音韻學》第270頁。

⓭ 見趙蔭棠＜清初審音家趙紹箕及其貢獻＞，輔仁學誌三卷二期。

⓮ 見《等韻源流》第11頁。

⓯ 見《清代韻圖之研究》第436至442頁。

⓰ 見《史語所集刊》第二本第三分。

⓱ 見《漢語音韻學》第262頁。

⓲ 見《清代韻圖之研究》第42頁至44頁。

⓳ 依據《等韻精要》自序所署的年代。

⓴ 擬音據《清代韻圖之研究》第519至524頁。

㉑ 據《等韻源流》第243頁。

㉒ 據《清代韻圖之研究》第547至552頁之擬音。

❷❸ 大都是車遮韻的字，這類字轉入ㄜ韻母應在歌戈韻之後。

原刊《國立中正大學學報》第三卷第一期，97-119，嘉義。

參考書目

丁邦新：《問奇集》所記之明代方音，中研院50週年紀念論文集，台北，民67與《中原音韻》相關的幾種方言現象，史語所集刊52:4，台北，民70＜十七世紀以來北方官話之演變＞，近代中國區域史研討會論文集，中研院近代史研究所，台北，民75

王　力：《漢語語音史》，中國社會科學出版社，民74

白滌洲：＜北音入聲演變考＞，女師大學術季刊2:2，民20

李新魁：《漢語等韻學》，北京中華書局，民72
《中原音韻音系研究》，中州書畫社，民72
《漢語音韻學》，民75
＜論明代之音韻學＞，第十屆全國聲韻學研討會論文（中山大學），高雄，民81

李添富：《古今韻會舉要》研究，師大博士論文，台北，民78

那宗訓：＜從押韻看曹雪芹的語音＞，大陸雜誌63:5，台北，民70

吳聖雄：《康熙字典·字母切韻要法》探索，師大碩士論文，台北，民74
《同文韻統》所反映的近代地方官話音，第四屆全國聲韻學研討會論文（政大），台北，民75

林慶勳：《經史正音切韻指南》與《等韻切音指南》比較研究，文化大學碩士論文，台北
論《音韻闡微》之入聲字，中研院第二屆國際漢學會議論

文，台北，民75《諸聲韻學》的幾個問題，第六屆全國聲韻學研討會論文（高雄師大），高雄，民77

刻本《圓音正考》所反映的音韻現象，漢學研究8:2，台北，民79

從編排特點論《五方元音》的音韻現象，高雄師大學報1，高雄，民79

金周生：《中原音韻》入聲多音字音証，輔仁學誌13，台北，民73

《宋詞音系入聲韻部考》，文史哲出版社，台北，民74

竺家寧：《四聲等子》音系蠡測，師大國研所集刊17，台北，民62

《九經直音》韻母研究，文史哲出版社，台北，民69

論《皇極經世・聲音唱和圖》之韻母系統，淡江學報20，台北，民72

《古今韻會舉要》的語音系統，學生書局，台北，民75

〈宋代入聲的喉塞音韻尾〉，第六屆全國聲韻學研討會論文（高雄師大），高雄，民77

〈近代音史上的舌尖韻母〉，第八屆全國聲韻學研討會論文（輔仁大學），台北，民79

《聲韻學》國立編譯館部編大學用書，五南圖書公司印行，台北，民80

姚榮松：《切韻指掌圖》研究，師大碩士論文，台北，民62

黃俊泰：〈滿文對音規則所反映的清初北音音系〉，第五屆全國聲韻學研討會論文（師大），台北，民76

陳新雄：《中原音韻》概要，學海書局，台北，民65

陳貴麟：《古今中外音韻通例》所反映的官話音系，師大碩士論文，台北，民78

許世瑛：從《詩集傳》叶韻中考《廣韻》陰聲各韻之併合情形，輔大人文學報2，台北，民61

《許世瑛先生論文集》，弘道書局，台北，民63

陸志韋：記邵雍《皇極經世》的天聲地音，燕京書報31，民35

　　　　釋《中原音韻》，燕京學報31，民35

　　　　記徐孝《重訂司馬溫公等韻圖經》，燕京學報32，民36

　　　　記蘭茂《韻略易通》，燕京學報32，民36

　　　　記畢拱辰《韻略匯通》，燕京學報33，民36

　　　　金尼閣《西儒耳目資）所記的音，燕京學報33，民36

　　　　記《五方元音》燕京學報34，民37

　　　　＜國語入聲演變小注＞，燕京學報34，民37

楊耐思：《中原音韻》音系，中國社會科學出版社，民70

楊秀芳：論《交泰韻》所反映的一種明代方音，漢學研究5:2，台北，
　　　　民76

詹滿福：《諧聲韻學》稿音系研究，高雄師大碩士論文，高雄，民78

趙蔭棠：《中原音韻》研究，國學季刊3:3，民21

　　　　＜明清等韻之北音系統＞，輔仁學誌6:1-2，民26

　　　　《等韻源流》，文史哲出版社，台北，民63

寧繼福：《中原音韻》表稿，吉林文史出版社，民74

薛鳳生：＜論入聲字的演變規律＞，屈萬里先生七秩榮慶論文集，聯
　　　　經出版公司，台北，民68

　　　　＜論支思韻的形成與演進＞，書目季刊14:2，台北，民69

　　　　《中原音韻》音位系統，北京語言學院出版，民79

謝雲飛：＜明顯四聲等韻圖之研究＞，慶祝高仲華先生六秩誕辰論文
　　　　集上，台北，民57

　　　　金尼閣《西儒耳目資》析論，南洋大學學報8-9，新加坡，民
　　　　63-64

應裕康：《洪武正韻》韻母音值之擬訂，許世瑛先生六秩誕辰論文
　　　　集，台北，民59《清代韻圖之研究》，弘道書局，台北，民
　　　　61

試論《五音通韻》之體例及聲母韻母之音值，第十屆全國聲
韻學研討會論文（中山大學），高雄，民81

國立中央圖書館出版品預行編目資料

近代音論集／竺家寧著.--初版-- 臺北市：臺灣學生，民83
　　面；　公分--（中國語文叢刊；20）．
　　ISBN 957-15-0632-X（精裝）
　　ISBN 957-15-0633-8（平裝）．

　　1.中國語言－聲韻－論文，講詞等

802.407　　　　　　　　　　　　　　　83007188

近代音論集（全一冊）

著　作　者：竺　家　寧

出　版　者：臺　灣　學　生　書　局

發　行　人：丁　　文　　治

發　行　所：台　灣　學　生　書　局

臺北市和平東路一段一九八號

郵政劃撥帳號〇〇〇二四六六八號

電話：三六三四一五六

FAX：三六三六三三四

本書局登記證字號：行政院新聞局局版臺業字第一一〇〇號

印　刷　所：常　新　印　刷　有　限　公　司

地址：板橋市翠華街八巷一三號

電話：九　五　二　四　二　一　九

中華民國八十三年八月初版

定價　精裝新臺幣二九〇元
　　　平裝新臺幣二三〇元

ISBN　957-15-0632-X（精裝）
ISBN　957-15-0633-8（平裝）

臺灣學生書局出版
中國語文叢刊

①古今韻會舉要的語音系統	竺 家 寧	著
②語音學大綱	謝 雲 飛	著
③中國聲韻學大綱	謝 雲 飛	著
④韻鏡研究	孔 仲 溫	著
⑤類篇研究	孔 仲 溫	著
⑥音韻闡微研究	林 慶 勳	著
⑦十韻彙編研究（二冊）	葉 鍵 得	著
⑧字樣學研究	曾 榮 汾	著
⑨客語語法	羅 肇 錦	著
⑩古音學入門	林 慶 勳 竺 家 寧	著
⑪兩周金文通假字研究	全 廣 鎭	著
⑫聲韻論叢　第三輯	中華民國聲韻學學會 輔仁大學中國文學系所	主編
⑬聲韻論叢　第四輯	中華民國聲韻學學會 東吳大學中國文學系所	主編
⑭經典釋文動詞異讀新探	黃 坤 堯	著
⑮漢語方音	張 琨	著
⑯類篇字義析論	孔 仲 溫	著
⑰唐五代韻書集存（二冊）	周 祖 謨	著
⑱聲韻學論叢　第一輯	中華民國聲韻學學會 臺灣師範大學國文系所	主編
⑲聲韻論叢　第二輯	中華民國聲韻學學會 臺灣師範大學國文系所 高雄師範大學國文系所	主編
⑳近代音論集	竺 家 寧	著